미시마 요무

일러스트 / 토오이 모게
캐릭터 디자인 / 몬다

『——마스터, 오른쪽에서 두 번째 도넛이
상품 기준을 만족시키지 못했습니다.
분량을 정확하게 지켜 주십시오.
그대로라면 너무 작습니다.』

"너는 너무 세세하다고.
휴식 중에라도 내가 먹을 거니까
그걸로 괜찮잖냐."

루크시온과 대화하는 중에도
마리에의 목소리가 주위에 잘 울려 퍼졌다.

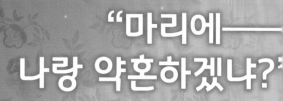

CONTENTS

THAT OTOME GAMES IS

A TOUGH WORLD FOR US.☆

프롤로그

누구나가 바라는 미래를 손에 넣는 건 아니다.

저항할 도리가 없는 현실에 휩쓸리는 사람도 존재한다.

아무리 신중하게 선택하고 행동해도 현실이란 가혹했다.

학원에서 2학기가 시작되어 중반쯤 됐을 무렵이었다.

정장과 드레스를 입고 몸치장에 신경을 쓴 사람들이 경사를 축하하기 위해, 아침부터 영지에 있는 종교 시설——신전에 모이고 있었다.

공교롭게도 날씨는 흐렸지만, 신전 안에 있는 사람들은 미소를 띠고 있다.

많은 사람이 지켜보는 가운데, 순백의 웨딩드레스를 입은 젊은 여성이 나타났다.

그녀의 이름은 【마리에 포우 라판】. 오늘은 볼륨이 있는 머리를 땋아 올려 깔끔하게 정리한 헤어스타일이었다.

평소보다 시간을 들여 메이크업을 했지만, 정작 얼굴은 베일로 가려져 있기에 주위에는 잘 보이지 않았다.

마리에는 베일 너머로 스테인드글라스를 올려다봤다.

신전은 이전 생의 성당과 비슷한 구조였는데, 스테인드글라스에 있는 건 호르파트 왕국의 건국 설화에 등장하는 성녀였다. 그녀는 지금의 자신과 마찬가지로 순백의 드레스를 입은 채 팔찌와 목걸이를 차고, 지팡이를 들고 있었다.

결혼식이란 본래 기쁜 자리이지만, 자애로 가득 찬 얼굴을 한 성녀를 올려다보는 마리에의 표정은 날씨와 마찬가지로 흐렸다.

날씨만큼은 어찌할 수 없지만, 그래도 이전 생에서는 끝내 이루어지지 않았던 결혼식의 도중이다. 양가 친족들이 참석하여 축하하는 가운데 식이 이루어지는 것도, 마리에가 이전 생에서 이루고 싶었던 꿈 중 하나였다.

하지만 마리에의 기분은 최악이었다.

'정말로 인생이란 건 어쩔 도리가 없네.'

학원에 입학하고 1년도 지나지 않아 결혼하게 된 자신의 운명을 저주하고 싶었다.

긴 의자에 앉아 있는 가족들을 힐끔 보니 즐거운 듯이 웃고 있었다.

평소 마리에를 가족으로 여기지도 않았으면서, 유독 오늘만은 전원이 모두 참석했다.

참 열정적인 자세지만, 그건 딸의 새로운 출발을 축하하기 위해서가 아니었다.

가족이라 부르기도 화가 나는 그들이 마리에의 결혼을 축하하는 데에는 다른 이유가 있었다.

이번 생의 아버지——라판 자작은 지나치게 야윈 마른 체형의 인물이다. 평소 술을 달고 방탕하게 산 탓이다. 오늘도, 결혼식 중인데도 취기로 얼굴이 붉었다.

그런 라판 자작이 축하 자리에서 은근히 큰 목소리로 본심을 말했다.

"쓸모없던 막내딸이 생각보다 비싸게 팔렸군. 이걸로 우리 집안의 문제를 정리할 수 있겠어."

라판 자작 옆에 앉은 푸둥푸둥한 여성은 새로 산 귀금속으로 몸치장하고 있었다.

"가문의 빚을 몸소 해결하다니, 정말로 효성스러운 딸이야. 이럴 줄 알았다면 좀 더 귀여워해 줄 걸 그랬네."

이 결혼식은 마리에가 바란 것이 아니다.

마리에는 가족의 손에 팔려, 원하지도 않는 상대와 결혼을 앞두고 있었다.

마리에는 고개를 숙이고 자신의 불행을 한탄…… 하는 게 아니라, 저들에게 분노했다.

'이 자식들 절대로 용서 못 해!'

어금니를 악물고 분노하고 있으니, 맞은 편에서 신랑이 걸어왔다.

그런 신랑의 모습을 보고 마리에는 마음속으로 악다구니를 내뱉었다.

'왜 네가 불만스러워하는 건데?! 불만인 건 이쪽이거든!!'

신랑은 마리에의 모습을 보고 티가 나게 한숨을 내쉬었다. 하기 싫지만 어쩔 수 없이 결혼한다는 느낌을 감추지 않았다.

그는 마리에한테 다가오더니, 언짢은 듯이 마리에 옆에 섰다.

마리에의 상대는 건강함과는 거리가 멀어 보이는, 살찐 30대 남성이었다.

결혼식 자리건만, 노골적으로 싫은 티를 내며 겉꾸리지도 않았다. 옷은 좋아 보였지만, 정작 그에게서는 품성이 느껴지지 않았다.

신랑은 마리에를 힐끔 보더니, 푸념을 늘어놓기 시작했다.

"왜 내가 이런 땅딸막한 여자랑 결혼해야 하지? 난 글래머러스한 여자가 좋은데. 희망했던 거랑 전혀 다르잖아."

무례한 행동거지와 말투에 마리에는 속이 부글부글 끓는 심정이었다.

'너희 집안이 제안한 결혼이잖냐아아아!'

마리에는 이전 생을 겪긴 했으나, 이곳 나이로는 16살이다. 이세계 기준으로는 성인이며, 결혼도 할 수 있다.

그러나 마리에에게는 즐거운 학생 생활을 빼앗기고 좋아하지도 않는 남자와 억지로 결혼하는 상황일 뿐이었다. 결혼하면 당연히 학원을 그만둬야 한다.

자신의 결혼이 설마 가족의 손에 팔린 결과일 거라고는 마리에도 예상하지 않았다.

도저히 납득할 수 있는 결혼이 아니었다.

'웃기지 말라구! 어째서 '그 여성향 게임' 세계에서 이런…… 이렇게나 꿈도 희망도 없는 결혼을 해야 하는 거야. 나는 뭐랄까, 정말로 좋아하는 사람이랑…….'

그 여성향 게임 세계에서 전생하고 나서 마리에는 계속 고생해

왔다.

언젠가 학원에 다니는 것만을 꿈꾸며 회복 마법 실력을 갈고닦아 왔다. 그 탓에 몸이 성장하지 못했다는 말을 들었을 때는 충격이었지만.

물론, 가족한테 회복 마법을 쓸 수 있다는 사실은 말하지 않았다.

지금도 이렇게 팔려나가는데, 그걸 그들이 알면 반드시 이용하려 했을 것이다.

마리에는 가족을 신뢰하지 않는다.

이전 생의 가족과 비교하면 정말로 끔찍한 녀석들이다. 막대하게 불어난 빚과 맞바꾸어 마리에를 부잣집에 팔아넘기는 것만 봐도 명백한 일이다.

'내가 얼마나 고생한 줄 알아?! 이제야 겨우 학원에 입학해서, 예정과는 조금 달라도 나름대로 즐겁게 생활하고 있었는데!'

신관 차림의 여성이 금색 목걸이, 팔찌, 지팡이를 들고 두 사람 앞에 서서 생글생글 미소 짓고 있었다.

신랑의 태도에 눈살을 찌푸리지 않는 건 그만한 사례를 받았기 때문이리라.

"이 좋은 날에 양가가 연을 맺는 건 행복한 일입니다. 이 또한 성녀님의 가호 덕분이겠지요. 자, 그러면 결혼식을 시작할까요."

신랑은 별 관심 없다는 얼굴이었다.

"얼른 끝내 줘."

그는 애초에 이 결혼에 흥미가 없었다. 그도 딱히 바란 결혼이 아니었다.

말하자면 집안끼리의 연결. 당사자의 의사는 중요하지 않았다.

이 결혼이 강행된 건 신랑 집안은 벼락출세한 가문이기 때문이다. 역사가 없는 귀족은 귀족 사회에서 무시당하거나 이용당할 뿐이다. 그들과 연을 맺으려는 귀족은 없다.

그렇기에 이들은 어떻게든 귀족의 핏줄을 얻어야만 했다.

요컨대 마리에가 아니라 가문의 이름이 필요했다.

그저 귀족의 핏줄이기만 하면 누구라도 좋다.

신관이 신랑의 노골적인 태도에 뺨을 살짝 씰룩거렸지만, 어지간히도 받았는지 필사적으로 미소를 걷꾸렸다.

"네, 그러면 빨리 끝내도록 하지요. 젊은 분들에게 긴 이야기는 지루할 테니까요."

신관은 신랑만 신경 쓰고 마리에에게는 시선을 한 번 던지는 게 전부였다.

바라서 하는 결혼이 아닌 게 명백한데도 조금도 동정하지 않았다.

하지만 여기서는 이게 보통이다.

그 여성향 게임의 주인공처럼, 장황한 연애 끝에 맺어져서 축복받으며 결혼하는 건 꿈같은 이야기다.

'정말로 가혹한 세계네. 그 여성향 게임 세계라면 나한테 조금 더 상냥하게 대해 달라구. 왜 이런 녀석이랑 결혼해야 하는 건데.'

신랑의 태도를 보면 대략적인 인간성이 전해져 온다.

부잣집에서 태어나 무엇 하나 부족한 것 없이 생활하며, 고생을 모르고 제멋대로 자란 남자다.

이런 상대한테 시집가면 어떻게 될지, 마리에는 쉽게 예상할 수 있었다.

보나마나 사랑이 없는 결혼 생활이 기다리고 있을 것이다. 아이를 낳으면 역할이 끝난 애물단지 취급이 될 가능성이 크다.

'이전 생은 실패했으니까 이번에는 노력하자고…… 이번에야말로 행복해지자고 결심했는데, 정말로 최악이야! 나는 이런 미래를 위해 노력해 온 게 아니야!'

그렇게 생각했더니 마리에는 분해서 눈물이 나왔다.

하지만 어쩔 도리가 없다. 아무리 마리에가 노력한다고 할지라도 이 상황을 뒤집을 수는 없다.

마리에는 괴로운 현실을 앞에 두고 현실 도피하는 것처럼 누군가가 구하러 와주지 않을까 하고 망상했다.

문득, 이전 생의 오빠 얼굴이 어렴풋하게나마 떠올랐다.

'하핫, 이런 때까지 오빠 얼굴이 떠오르다니.'

마리에는 마음속으로 자조했다. 오빠가 여기 있었다면 어떻게든 해줬을 텐데.

지금 생각하면 무척 의지가 되는 존재였다.

'도와줘, 오빠── 오빠야, 도와줘.'

평소에는 오빠라고 부르면서, 어리광을 부릴 때만큼은 오빠야라고 부른다.

대체 어째서 이렇게 되고 만 걸까?

마리에는 마음속으로 오빠한테 도와달라고 중얼거리면서, 지금까지의 경위를 떠올렸다.

제01화 「발트파르트 가에서 지낸 하기휴가」

하기휴가도 이제 일주일도 남지 않았을 무렵.

발트파르트 가문 영지로 돌아온 나【리온 포우 발트파르트】는 평소보다도 늦은 시간에 잠에서 깼다.

늦다고는 해도 아침 7시다.

학원에 입학하기 전까지는 일출과 함께 눈을 떠서 집안일을 도왔던 걸 생각하면 제법 늦은 시간이었다.

기지개를 켜자 하품이 나왔고, 그대로 대충 갈아입어 칠칠치 못한 차림으로 방에서 나와 계단을 내려갔다.

끼익, 끼익, 하고 울리는 계단 소리를 지우는 건 나를 눈뜨게 한 시끄러운 소리다.

"아침부터 뭐 이리 시끄러워."

셔츠 단추를 채우고 있자, 내 오른쪽 어깨 부근에 떠 있는 파트너【루크시온】이 원인을 대답해 주며 따끔하게 말했다.

『마리에와 형제분이 같이 놀고 있습니다. 그것보다도 가족 중에서 마스터의 기상 시간이 제일 마지막이었습니다. 하기휴가로 마음이 해이해진 것으로 추측되니 개선을 요구합니다.』

시끄러운 원인만을 알려주면 되는데 불필요한 제안까지 해댄다.

루크시온── 이 녀석은 인공지능이지만 본체는 우주선이다.

내 옆에 있는 건 메탈릭 컬러 구체에 빨간 렌즈 외눈을 가진 모습의 단말이다.

크기는 소프트볼 정도로, 보기에 따라서는 귀엽게 느껴질 수도 있겠다.

유감인 건 나를 마스터라 부르며 주인으로 대하면서도 이렇게 잔소리가 많은 점이다.

"7시면 충분히 이른 기상이잖냐."

『가족분은 그전에 일어나서 활동을 개시했습니다.』

"시골의 아침은 빠르니까."

일찍 일어나는 것을 권장하는 인공지능의 말을 얼버무려 넘기고 계단을 내려간 나는 시끄러운 소리의 원인이 가까이 다가왔기에 그쪽으로 얼굴을 향했다.

복도에서 거실을 향해 뛰고 있는 건 조금 전에 루크시온이 말했던 마리에와 아직 어린 내 남동생——【코린】이었다.

"여기까지 와봐!"

코린은 오늘도 아침부터 기운이 넘쳐 보였다.

루크시온이 우리 앞을 달려 지나가는 코린과 마리에의 모습을 빨간 렌즈로 좇으며 관찰하고 있었다.

『이 상황이 최근 빈발하고 있습니다. 아무래도 마리에는 발트파르트 가에 익숙해지고 있는 모양이군요.』

나는 루크시온의 말을 들으며 복잡한 표정을 짓고 있었다고 생각한다.

"확실히 익숙해졌기는 한데 말이지."

코린의 뒤를 쫓아 달리는 마리에. 우리 집에 왔을 때 겉꾸리던 가련하고 덧없는 인상을 벗어던지고, 아침부터 큰 목소리를 내며 미간을 찡그린 얼굴로 집안을 달리고 있었다.

"기다려, 짜샤아아아!"

코린이 마리에에게 뭔가 장난을 쳤는지, 제법 즐거워 보였다.

"안 기다릴 거지롱~."

집안을 쿵쿵 뛰어다니는 둘을 보고 나는 이른 아침부터 한숨이 나왔다.

"또 싸운 거냐? 둘 다 질리질 않는구만."

어처구니없어하는 내게 루크시온이 자세한 사정을 설명해 주었다.

『예. 남동생분이 마리에를 놀린 게 원인입니다. 처음 만났을 때는 서로 긴장하고 있었습니다만, 지금은 허물없는 관계가 되었군요.』

"허물이 없다고 할지, 스스럼이 없는 것뿐이잖냐."

아무래도 코린은 마리에를 나이가 가까운 누나처럼 생각하는 모양이었다. 연상으로서 행동하는 마리에를 놀리는 게 재미있는 거다.

그냥 그만두면 될 것을, 마리에가 정색하고 반응하니까 괜히 더 코린이 재미있어한다.

조금 더 연상다운 침착함을 가졌으면 좋겠는데 말이지.

그러자 집안을 뛰어다니는 코린을 발견한 아버지【바르카스】가 엄한 표정을 짓더니 코린의 머리에 주먹으로 꿀밤을 먹였다.

갑자기 머리를 맞은 코린은 울상을 지었다.

"아얏!"

"코린, 마리에를 놀리지 마라. 마리에는 우리한테 중요한 사람이라고. 그런데도 너라는 녀석은……."

아버지는 울먹거리는 얼굴인 코린에게 설교를 시작하려 하고 있었다.

조금 전까지 코린을 뒤쫓고 있던 마리에도 이에는 어찌할 바를 몰라 갈팡질팡했다.

"저, 저기, 남작님, 그렇게까지 하지 않으셔도 괜찮아요. 화낼 만한 일도 아니고요."

조금 전까지 화내던 녀석이 할 말은 아니군.

마리에가 코린을 감싸자, 이번에는 아버지가 미안한 듯이 사과했다.

"미안하구나, 마리에. 코린이 너를 싫어하는 건 아니다. 코린을 미워하지 않았으면 좋겠구나."

"아, 네……."

아버지는 코린의 머리에 손을 얹더니, 약간 억지로 머리를 숙이게 하고 사과시켰다.

마리에가 곤란해하는 모습을 바라보고 있었더니 둘째 형인【닉스】가 뭐 하고 있는 거야, 라고 말하고 싶어 하는 듯한 얼굴로 내게 다가왔다.

"아침부터 소란스러운데."

내게 말을 건 닉스에게 루크시온이 반응했다.

『좋은 아침입니다, 형님분. 오늘 아침은 일찍 일어나 휘두르기 연습을 하고 계셨지요. 마스터와 다르게 유의미한 시간을 보내신 모양이라 참으로 바람직합니다.』

나를 향한 비아냥이 담긴 인사에 닉스는 쓴웃음을 지었다.

"좋은 아침. 리온의 파트너는 오늘도 기운차네. 그것보다 코린은 왜 저러고 있어? 또 마리에한테 뭔가 했어?"

"그런가봐. 질리지도 않고 싸우고, 마치 진짜 누나 동생 사이 같구만."

실실 웃으면서 대답했더니 닉스는 약간 놀란 표정을 지은 뒤 고개를 갸웃했다.

"형수와 도련님 사이니까, 틀린 건 아니잖냐?"

"뭐?"

내가 놀라자, 닉스도 놀랐다.

"어? 아니야?"

"아니, 그게 뭔⋯⋯. 왜 마리에랑 코린이 형수 도련님 사이가 되는 건데?"

나는 닉스가 하는 말이 진심으로 이해되지 않았다.

내가 아직 잠이 덜 깨서 헛들었나 싶은 의심이 들었을 정도였다.

근데 닉스의 반응을 보니 아닌 모양이다.

"그걸 진심으로 묻는 거냐? 아니면 아직 잠에서 덜 깼냐?"

닉스의 반응에 나는 난감해지고 말았다.

"아니, 하지만……."

"하지만, 이 아니잖냐. 학원 여학생을 본가에 데리고 와서, 그대로 한 달 넘도록 같이 생활했다고. 남들이 보기엔 이미 약혼한 거나 마찬가지잖아."

정식으로 약혼은 하지 않았지만, 주위에서 보면 여자가 남자의 본가에서 하기휴가를 꼬박 지낸 것이다. 확실히 제삼자가 들으면 약혼했다고 오해해도 이상하지 않다.

우리 대화를 듣고 있던 루크시온은 아무래도 이 상황을 이용하고 싶은 듯했다.

『세간에서의 평판으로 따지면 약혼한 것이나 다름없군요. 마스터가 좋아하는 세간의 체면을 고려하면, 이대로 약혼하는 게 정답입니다.』

이 녀석은 무슨 일만 있으면 곧장 나랑 마리에를 결혼시키려 든다.

쓸데없는 오지랖이라고 생각하면서, 나는 닉스의 오해를 풀었다.

"넌 입 좀 다물고 있어! 형, 마리에는 말이지, 그게 아니라…… 본가에 못 돌아가니까, 그러면 우리 집에 오지 그래, 하고 권한 것뿐이라고."

마리에가 말하길 라판 가에는 문제가 있다는 듯하다.

본가에서도 돌아오지 말라는 말을 들은 마리에는 하기휴가를 학원에서 보내려 하고 있었다.

하기휴가 동안 던전에 도전해서 돈을 벌 거라고 진심으로 말하기에, 불쌍해서 내 본가로 초대했을 뿐이다.

당연하지만 흑심은 조금도 없었다.

애초에 마리에의 이상형은 미형에 키가 크고 돈이 많은 남자다.

나는 모험가로서 한몫 크게 잡아서 돈은 많긴 하지만, 키가 큰 것도 미형도 아닌 평범한 남학생이다. 마리에의 취향과는 맞지 않는다.

물론 내 쪽도 마찬가지. 나는 가슴이 큰 여성이 취향이다. 마리에는 평평하니까 논외다.

안타까울 만큼 서로가 취향에서 벗어나있다.

닉스는 코린을 감싸며 안절부절못하는 마리에를 따뜻한 눈으로 바라보았다.

"아서라. 저런 좋은 애, 앞으로는 절대로 못 찾는다. 더구나 아버지랑 어머니는 이미 네가 마리에랑 결혼한다고 생각하고 있어."

"농담이지?!"

부모님이 우리 집에 온 마리에한테 묘하게 따뜻했던 게 그런 이유였어?

지금 당장 오해를 풀지 않으면 큰일이 될 것 같다.

닉스가 슬픈 얼굴로 한숨을 쉬었다.

"너는 좋겠다. 학원에서 곧바로 결혼 상대를 찾다니. 나는 아직도 상대를 찾지 못해서 큰일인데."

아무래도 닉스도 결혼 활동으로 고생하고 있는 모양이다.

닉스의 소속은 나와 다르게 보통 클래스——기사 가문의 학생 또는 후계자가 아닌 남학생들이 있는 클래스다.

상급 클래스와는 결혼 활동 사정이 다르니, 고생한다고는 해도 우리 정도는 아니겠지만, 그래도 어려운 모양이다.

"그래도 형네 클래스는 우리보다는 찾기 쉬운 편이잖아? 아닌가?"

닉스가 머리를 긁적였다.

"보통 클래스 여자도 도회지에 살고 싶어 한다. 다들 인맥이 있고, 왕도나 본토에서 살 수 있는 상대를 찾는 거지. 나 같은 건 후보군에도 들어가지 못한다."

닉스는 학원을 졸업하면 발트파르트 가에서 나와 독립한다.

조라의 아들이자 장남인【루트아트】가 발트파르트 남작가를 잇기 때문이다.

예비 후계자인 닉스는 루트아트가 남작이 되면 예비 후계자 자리에서 잘려 집에서 쫓겨난다.

그렇다 보니 닉스는 결혼 활동에서 불리한 입장인 듯했다.

닉스도 큰일이군.

내가 뭔가 도울 수 있다면 좋겠지만, 내 일만으로도 힘에 겨운 나한테는 무리다.

오히려 내가 결혼 활동을 도움을 받고 싶을 정도다.

기분이 무거워지는 이야기를 억지로 끝내고 싶은지 닉스가 다른 화제를 던졌다.

"너희는 학원에 언제 돌아갈 생각이냐? 전날이나 이틀 전 정도냐?"

본래라면 시업식 당일에 돌아가고 싶지만, 여러 가지로 준비할 게 있어서 전날까지는 학원 기숙사로 돌아가야만 한다.

또한 날씨에 따라서는 비행선을 내보낼 수 없기에 여유를 가지고 학원으로 가는 것이 당연한 일이었다.

전날이나 이틀 전은 감각으로 따지면 아슬아슬하다.

"그럴 예정이긴 한데…… 벌써 휴가도 끝인가. 아~ 결혼 활동 생활로 돌아가고 싶지 않다."

"그건 말하지 말라고."

또 학원에서 결혼 활동이 기다리고 있다고 생각하면 기분이 무거워진다.

그건 닉스도 마찬가지였던 모양이다.

우리 둘이 한숨을 내쉬며 난감한 표정을 짓고 있는 게 우스워서 쓴웃음을 짓고 말았다.

"나는 올해로 졸업이다. 이대로 가면 누군가의 후부가 될지도 모르겠어."

쓴웃음을 지으며 말하는 닉스. 나는 동정을 금할 수 없었다.

후부란, 이전 생으로 말하자면 후처의 남자 버전이다. 남편을 잃은 여성과 결혼하는 거다.

이 경우, 상대는 두 번째 결혼이기에, 나이가 더 많은 게 대부분이다.

10살 차이라면 그나마 다행인 편이고, 20살 이상 벌어진 경우도 있다.

"아직 포기하지 마, 형. 나도 뭔가 도울 수 있는 게 있으면 도와줄 테니까."

동정심으로 도와주겠다고 말한 건데, 닉스 쪽은 싫은 듯한 표정을 지었다.

"야, 그만둬. 불쌍한 걸 보는 듯한 눈으로 보지 마라. 동생한테 동정받으면 울고 싶어진단 말이다."

정말로 어째서 이 세계는 남자한테 가혹한 걸까?

아니, 모브한테 가혹하다, 인가?

남자라면 그 여성향 게임의 공략 대상인 귀공자들도 있다.

지금쯤은 주인공인【올리비아】와 즐거운 하기휴가를 보내고 있을 무렵이리라.

실로 부럽다.

학원에 돌아가기까지 사흘 남았을 무렵.

나와 마리에는 발트파르트령 근처에 있는 부유섬에 와 있었다.

루크시온한테 찾게 시킨 뒤 이곳까지 운반한 부유섬이다.

장래 내 영지가 될 장소인데, 지금은 개척민이 한 명도 없는 무인도다.

하지만 루크시온이 준비한 로봇들이 밤낮을 불문하고 정비 작업을 진척시키고 있는 덕분에, 당장 이주해도 살 수 있는 환경이 갖추어져 있다.

그런 나의 부유섬에는 아담한 집이 존재했다.

통나무를 쌓아 올린 듯한 로그하우스다.

내 비밀기지라고도 할 수 있는 아지트로, 나처럼 이전 생을 가진 사람이라면 들여도 괜찮겠다 싶어서 마리에를 초대했다.

마리에를 초대해서 뭘 하는가 하면——.

"오늘 밥은 민물고기 소금구이다."

"꺄아아아!! 절임 반찬도 있어어어어!!"

때때로 둘이 아지트에 와서는 그리운 이전 생의 맛을 즐기고 있었다.

흰쌀밥에 맑은국, 그리고 민물고기 소금구이와 아사즈케*.

이렇다 할 거 없는 평범한 식사지만, 이국——이세계에서 이전 생의 맛을 즐기는 건 매우 어려운 일이다.

나 혼자서는 실현할 수 없었다.

거기서 등장하는 게 파트너인 루크시온이다.

이 녀석의 본래 역할은 이민선이라서 구인류를 태우고 우주로 탈출하여 신천지를 찾아, 새로운 행성에서 구인류들이 살 수 있도록 돕는 기능이 있다고 한다.

---

*오이, 무 등을 짧게 절여 만든 음식.

흰쌀밥과 맑은국을 준비할 수 있었던 것도 루크시온이 도움이 있기에 가능했다.

하지만 마리에는 이 메뉴에도 아쉬움을 느끼는 듯했다.

"여기에 무즙이랑 간장이 있었으면 완벽했는데. 그리고 계속 맑은국만 먹다 보니 질려서 된장국이 먹고 싶어. 역시 일본인은 된장국이지."

나는 몇 번이나 고개를 깊이 끄덕였다.

"이해한다. 하지만 된장과 간장은 발효식품이라 준비하는 데 시간이 걸려."

마리에는 내 설명을 듣고 루크시온에게 시선을 향했다.

"루크시온도 말하는 것만큼 대단하지는 않네. 너, 정말로 치트 과금 아이템이야? 된장이나 간장 정도는 보존해 두란 말이야."

마리에의 무리한 요구에는 루크시온도 항의했다.

『──애초에 두 분이 자연적으로 만들어진 식품이 좋다고 말씀해서 이렇게 된 겁니다만? 같은 식감과 맛을 재현한 대용식품이라면 당장이라도 준비할 수 있다고 몇 번이나 말씀드렸습니다.』

뭐든 마련할 수 있는 루크시온은 된장국 정도는 쉽게 준비할 수 있다.

하지만 그건 된장국 같은 느낌의 무언가다.

전부 같은 듯하면서, 근본적으로는 다른 무언가다.

나는 루크시온의 제안을 거부했다.

"나는 천연식품이 좋다고."

“나도.”

우리는 “잘 먹겠습니다” 하고 말한 뒤 루크시온의 답변을 듣지 않고 식사에 손을 댔다.

생선구이는 적당히 잘 구워져 살이 포슬포슬 발라진다.

생선 요리는 호르파트 왕국에도 있지만, 미묘한 차이가 있다.

하지만 눈앞에 있는 건 일본 음식이라고 해도 틀리지 않을 물건이다.

루크시온이 우리의 모습을 보고 어처구니가 없었는지 그 자리에서 시계 방향으로 한 번 회전했다.

『──불평하는 것치고는 잘 드시는군요.』

마리에가 행복해 보이는 얼굴로 밥을 먹으며 말했다.

“아~, 이 그리운 맛! 이게 소울 푸드라는 거겠지.”

전생한 우리 입장에서는 진짜 소울 푸드라고 할 수 있었다.

“앞으로 2년만 있으면 루크시온이 된장이랑 간장도 마련하겠다는군.”

내가 이후의 예정을 말하자 마리에가 기대감에 눈동자를 반짝였다.

제법 좋은 미소를 띠고 있다.

“2년 뒤란 말이지?! 그때는 나도 꼭 불러야 해. 아~, 언젠가 연어 같은 물고기를 찾아서 연어구이로 밥그릇 한가득 흰쌀밥을 먹고 싶어.”

마리에의 말을 듣고 나는 이전 생의 여동생 얼굴이 떠올랐다.

그러고 보니 그 녀석도 연어를 좋아했지, 하고.

마리에는 2년 뒤의 미래를 망상하고 있었다.

"간장이 있다면 버터 간장도 좋겠네."

얼굴 한가득 미소를 지어 보이는 마리에를 보고, 간장과 된장 이야기로 이렇게까지 행복해질 수 있는 여자도 드물 거라는 생각이 들었다.

한순간, 마리에가 내 여동생과 겹쳐 보인 느낌이 들었지만…… 기분 탓이리라.

루크시온이 우리한테 이후의 이야기를 꺼냈다.

『그렇게까지 고대하고 계신다면 우선도를 높여 준비하도록 하겠습니다. 그것보다도 슬슬 2학기가 시작되는군요.』

나와 마리에는 식사에 집중하고 있어서 건성으로 대답했다.

"그러게다."

"그러네."

루크시온은 우리 둘의 모습을 보고는 뜸을 두고 나서 말했다.

『──이 세계가 두 분이 말하는 '그 여성향 게임 세계'라고 한다면 이후에 큰 문제가 발생하는 것이지요? 2학기에 뭔가 대책을 세우지 않아도 괜찮은 겁니까?』

루크시온은 이곳이 그 여성향 게임 세계라는 것을 의심하고 있다.

의심하고는 있지만, 내 예상이 적중하고 있는 것도 사실이다.

그 때문에 앞으로의 대책은 어떻게 할 것인지 묻고 싶은 것이리라.

다만, 내 방침은 이미 정해져 있었다.

"난 스토리에 관여할 생각이 없어. 애초에 올리비아 양은 전하 일행이랑 사이좋게 지내고 있잖냐? 무리해서 관여했다가 이야기를 복잡하게 만들고 싶지 않아."

마리에도 비슷한 반응이었다.

"엮이면 성가시니까 나도 패스. 아, 하지만 올리비아는 조금 신경 쓰이는데."

"어쩐지 분위기가 이상하다고 했던 그거? 그냥 마침 안 좋은 일이 있었던 것뿐인 거 아냐?"

마리에는 내 본가에 오기 전에 여자 기숙사에서 올리비아 양과 마주쳤었다.

그때 올리비아 양의 얼굴이 상당히 어두웠다는 모양이다.

"그런 거라면 다행인데……."

납득하지 않은 기색인 마리에한테 나는 걱정할 필요 없는 이유를 이야기했다.

"전하를 비롯한 공략 대상들이 있잖냐. 지금쯤은 즐거운 하기 휴가를 만끽하고 있겠지. 게임에서도 하기휴가 중에 호감도를 올리는 이벤트가 많았잖아."

이전 생에서 플레이했던 그 여성향 게임의 이벤트를 떠올리고 있자, 마리에는 고개를 끄덕이면서도 여전히 신경이 쓰이는 듯했다.

"즐거운 여름방학을 보내고 있다면 문제없겠지만……. 아니,

문제가 있어."

"무슨 문제?"

"……조금 샘나."

진심으로 올리비아 양이 샘난다고 말하는 마리에를 보고 나는 어이가 없었다.

"너, 아직도 포기 못 한 거냐? 공략 대상은 연애 대상이 아니라고 말해 놓고서는 미련이 철철 넘쳐흐르잖냐."

마리에는 이전에 올리비아 양의 포지션을 빼앗고자 전하를 비롯한 공략 대상에게 접근했다.

다만 그 꿍꿍이는 실패로 끝났고, 마리에도 포기하겠다고 말했었다.

하지만 이 모습을 보니 완전히 떨쳐내지 못한 모양이었다.

마리에는 강하게 부정했다.

"전하 일행을 말하는 게 아니야! 나는 즐거운 여름방학을 보내고 있는 올리비아가 샘나는 거야! 걔는 지금도 쇼핑에 여행, 바캉스를 만끽하고 있는 거잖아! 게다가 돈 많고 다정한 꽃미남이랑!! 그야말로 청춘을 실컷 구가하고 있다구! 이걸 어떻게 질투하지 않을 수 있어?!"

올리비아 양이 바캉스를 즐기고 있는 게 용납되지 않는다, 라.

자기가 손에 넣지 못한 행복을 붙잡은 올리비아 양한테 질투하고 있는 것뿐인 듯하다.

"나는 뭐 아무래도 상관없어. 그리고 여름방학이 아니라 하기휴가다."

"진짜로 재미없고, 사소한 걸 신경 쓰는 남자네."

바캉스를 즐기려고 하지 않는 나를 보고, 마리에는 자신의 마음이 이해받지 못한다고 생각했는지 고개를 획 돌리고 말았다.

나는 마리에한테 말했다.

"올리비아 양이 즐거운 하기휴가를 보내 준다면 그것만으로 평화로운 세계에 가까워지는 거다. 우리는 잠자코 멀리서 응원하고 있으면 되는 거라고."

"……알고 있어."

마리에는 약간 불만스러워 보였지만, 나로서는 아무래도 상관없는 이야기였다.

제02화 「오플리 백작가」

리온과 마리에가 발트파르트령에서 즐겁게 지내고 있을 무렵.

학원 여자 기숙사에서는 올리비아가 방에서 무릎을 끌어안고 침대에 앉아 있었다.

커튼을 빈틈없이 치고 있어서, 바깥은 해도 높이 떴는데 방안은 어둡다.

올리비아는 머리부터 모포를 뒤집어쓰고 떨고 있었다.

방안은 상당히 어지럽혀져 있었다.

학원에 남은 여학생들이 올리비아가 방에 없을 때 어지럽히고 갔기 때문이다.

몇 번이나 청소해도 올리비아가 방에서 나오면 어지럽히러 온다.

방의 문은 잠그고 있을 터인데도 마스터키가 있는 것처럼 침입하는 것이다.

몇 번인가 교원이나 기숙사 관리인한테 이야기했지만, 평민 출신이라는 특수한 입장 때문에 이야기를 진지하게 들어 주지 않는다.

이렇게 되어 버린 원인은 올리비아의 출신에 있다.

본래 학원이란 곳은 귀족 자제를 교육하고 육성하는 장소였다.

하지만 그런 장소에 평민인 올리비아가 특대생으로서 입학을 허락받아 귀족 자제인 자신들과 같이 배운다── 이것을 받아들이지 못하는 건 학생들뿐만이 아니다.

일부 교원들도 올리비아를 매정하게 대하고 있었다.

표면적으로 뭔가를 하는 건 아니지만, 학생들이 저지르는 올리비아를 향한 괴롭힘을 눈감아주는 구석이 있다.

올리비아는 어둡고 어지럽혀진 방에서 자신에게 말을 걸었다.

"괜찮아…… 나는 아직 괜찮으니까……."

혼잣말을 중얼거리는 올리비아의 눈 밑에는 다크서클이 생겨나 있었다.

손에는 고향에서 온 편지가 쥐어져 있다.

"가족도 응원해 주이까…… 억수로 열심히 해야한대이……. 요런 걸로 좌절해삐리면, 모두한테 미안태이."

고향에서 온 편지를 보고 있자니, 눈물이 나오고 사투리가 나오고 말았다.

지금의 올리비아한테는 이 편지만이 마음의 버팀목이 되어 주고 있다.

사실은 고향에 돌아가고 싶었다.

돌아갈 수 없는 이유는 단순히 올리비아한테 돈이 없어서다.

비행선을 타고 고향에 돌아가려면 상응하는 금액이 필요하다.

평민 출신인 올리비아한테는 쉽게 낼 수 있는 금액이 아니었다.

특대생으로 입학하여서, 학원에서 드는 비용은 부담하지 않아도 된다.

하지만 고향에 돌아가는 비용까지 학원이 부담해 줄 수는 없다.

하기휴가를 학원에서 보내고 있는 건 그런 이유 때문이었다.

올리비아도 고향에 한동안 돌아가지 못하는 건 각오하고 있었기에 그건 문제가 아니다.

문제는 이 상황이다.

본래라면 이 하기휴가를 이용해서 조금이라도 주위 학생들을 따라갈 수 있도록 공부에 전념하는 나날을 보낼 예정이었다.

하지만 현실은 한없이 올리비아한테 비정했다.

눈물을 훔친 올리비아는 방을 정리하고 공부하고자 생각하여 침대에서 나와 일어섰다.

그러자 문을 노크하는 소리가 났다.

텅텅! 약간 난폭하게 두드리는 노크 소리에 몸이 움찔 떨렸다.

"히익."

비명이 나올 뻔했기에 입을 손으로 누르자 문 너머에서 직원이 말을 걸었다.

그 목소리는 살짝 지긋지긋하다는 듯이 들렸다.

「올리비아 양, 왕태자 전하께서 학생 기숙사 앞에서 기다리고 계십니다. 바로 준비해 주세요.」

그 말만 하고, 직원은 기분이 언짢은 듯이 큰 발소리를 내며 떠나갔다.

왕태자【율리우스 라파 호르파트】가 평민인 올리비아와 어울려 지내는 것에 직원도 참을 수 없는 것이리라.

올리비아는 조금 전에 울음을 막 그친 참인데도 또 눈물이 나오기 시작했다.

"어째서 내버려 둬 주지 않는 거야. 어째서……."

하기휴가를 학원에서 보내는 올리비아한테는 율리우스를 비롯한 귀공자들이 빈번하게 찾아왔다.

하지만 그 행동이 올리비아를 괴롭게 만들고 있었다.

뻔질나게 드나드는 그들을 보고 여학생들의 불만은 더더욱 커졌다.

올리비아한테도 문제다.

여하간 다섯 명이 빈번하게 놀러 가자고 부르러 오기 때문에, 올리비아는 공부할 수 있는 시간을 확보하지 못하고 있었다.

해가 떠 있는 동안에는 학원에 여학생이 적어서, 올리비아한테는 집중해서 공부할 수 있는 귀중한 시간이다.

저녁 이후가 되면 여학생들이 학원에 돌아온다.

그렇게 되면 올리비아의 방문을 두드리고, 밖에 나가도 시비를 걸어 오기에 공부할 수가 없다.

귀중한 공부 시간을 다섯 명한테 빼앗겨 간다.

"나는 더 공부하고 싶은데도."

본심으로는 권유를 거절하고 싶었다.

하지만 올리비아 입장에서는 율리우스를 비롯한 귀공자들의 권유는 거절할 수 없다.

처음 만났을 때는 거칠게 대하고 말았지만, 지금은 율리우스가 왕태자라는 걸 알고 있다.

평민 처지에서는 왕태자의 권유를 거절할 수 없다.

그건 다른 귀공자들도 마찬가지다.

올리비아 입장에서는 모두가 귀공자——구름 위의 존재다.

그들이 자신에게 다정하다는 것은 올리비아도 알아차리고 있다.

그렇다고 해서 다섯 명과 사이좋게 지내면 이번에는 학원 여자들이 앙심을 품는다.

올리비아는 하기휴가 동안 악순환에 빠져 있었다.

"어떻게 하면 좋은 거야. 어떻게 하면."

솔직하게 폐가 된다고 말할 수 있다면 좋겠지만, 그런 말을 해 버리면 올리비아가 있을 곳이 없어지고 만다.

상대는 왕태자 율리우스 전하. 이 나라의 차기 왕이다.

자기만이 아니라 고향에 있는 가족이 어떤 일을 겪을지 알 수 없다.

올리비아는 일어서서 눈물을 닦으며 준비했다.

율리우스를 만났을 때 울고 있는 모습을 보이면 걱정시키고 만다.

거기서 여학생들한테서 괴롭힘을 당하고 있다고 말할 수 있었다면 그나마 나았을 것이다.

하지만 말할 수 없는 이유가 있다.

올리비아가 방에서 나오자 여학생 두 명이 밖에서 기다리고 있었다.

그 뒤에는 체격이 좋은 수인 전속 사용인들도 있다.

올리비아가 놀라서 눈을 크게 뜨자, 그 모습이 우스꽝스럽게 보였는지 여자 두 명이 히죽히죽 웃었다.

"평민 여자는 아양을 떠는 게 능숙해서 부럽네."

"어떻게 해서 율리우스 전하의 마음에 든 걸까?"

고개를 숙인 채 아무 말도 못 하는 올리비아한테 여자 한 명이 가까이 다가와 귓가에서 속삭였다.

"네 고향, 왕국 변방에 있는 부유섬이라면서? 아무것도 없는 시골이라지?"

"네? 저, 저기?"

"조사해 봤어. 그 왜, 우리가 네 고향을 아주 잘 알고 있다고 알려주는 편이 좋겠다고 생각해서 말이야."

어째서 눈앞의 인물이 자기 고향에 대해 알고 있는 것일까?

그런 식으로 생각하고 있자, 또 다른 여자 한 명이 말했다.

"전에도 못 박아 뒀지만, 전하한테 우리 고자질은 하지 마. 만약 고자질했다간, 네 고향을 지도에서 지워 버릴 수 있어."

그 말의 의미를 이해하고, 상상한 올리비아는 고개를 푹 숙이고 말았다.

떨면서 고개를 끄덕이는 올리비아를 보고 여자 두 명은 웃으면서 전속 사용인들을 데리고 떠나갔다.

평민한테 귀족이란, 무력을 지닌 존재다.

특히 호르파트 왕국이나 이 세계에서는 귀족은 대포를 실은 비행 전함을 소유하고, 그리고 갑옷이라는 전쟁 도구도 소지하고 있다.

평민들이 농기구나 엽총을 들고 맞서 싸워 봤자 당해낼 수 있는 상대가 아니다.

귀족이란 절대적인 지배자라는 것을 올리비아는 학원에 오고 배웠다.

시골에는 귀족이라고 해도 대관이 파견될 뿐이었다.

그 대관들도 몇 년인가 지나면 교체된다.

시골에 있을 때는 그렇게까지 의식하지 않았지만, 학원과 왕도에서 군사력의 무서움을 본 지금의 올리비아한테는 귀족이란 더욱 무서운 존재로 생각됐다.

"내가 참지 않으면, 고향의 모두가…… 귀족들한테 죽을 거야."

스커트 자락을 꽉 쥐고, 울지 않으려고 필사적으로 힘쓰는 올리비아였다.

◇

하기휴가 끝이 가까워지는 와중.

학원에서는 보통 클래스에 소속된 【카라 포우 웨인】은 본가에 돌아가지 않고 오플리 가문 영지에서 하기휴가를 보내고 있었다.

긴 감색 머리카락이 특징인 카라는 프릴이 달린 셔츠에 롱스커트를 입은 차림이다.

너무 화려하거나 궁상스러운 차림도 용납되지 않는다. 주군인 오플리 백작 가문 영애【스테파니 포우 오플리】의 측근으로서 부끄럽지 않은 옷차림을 하도록 지시받았기 때문이다.

호사스럽게 만들어진 저택 복도를 스테파니와 카라, 둘이 걷고 있었다.

앞서 걷던 스테파니는 아침부터 몹시 불쾌해 보였다.

"아침 식사 자리에서 쓰레기 오빠가 얼굴을 보다니, 최악이야. 낮이나 되어야 일어나는 주제에 오늘은 왜 일찍 나오는 건데? 나에 대한 괴롭힘일까?"

스테파니한테는 가문의 후계자인 오빠가 존재했다.

다만, 남매 관계는 최악이었다. 여동생인 스테파니는 오빠인【리키 포우 오플리】를 싫어했다.

리키는 나이가 서른이 넘었고, 버섯 머리 헤어스타일에 푸둥푸둥한 체형이다.

스테파니와 나이 차이가 크게 나는 이유는 리키가 전처의 아이고 스테파니가 후처의 아이이기 때문이다.

모친이 다르다는 것도 남매 사이가 나쁜 원인이었다.

하지만 가장 큰 이유는 리키의 됨됨이다.

강자 앞에서는 얌전한데, 약자―― 특히 가난한 사람을 상대할 때는 깔보고 업신여겼다.

약한 자를 괴롭히는 걸 좋아하는 성격 탓에 학원에 재학 중일 때도 여러 문제를 일으켰다.

리키는 이런 갖가지 문제를 돈의 힘으로 무마해왔다.

학원 졸업 후에는 저택에 틀어박혀 일도 하지 않고 뒤룩뒤룩 살찌기만 할 뿐.

외모도 내면도 최악인 인간이었다.

카라도 리키를 싫어했지만, 그 또한 주군 가문의 후계자이기에 말을 잘 골라서 대답할 수밖에 없었다.

"리키 님도 참 곤란하죠."

'내면이 끔찍한 건 너도 마찬가지잖아.'

카라는 마음속으로 스테파니를 욕했다. 카라가 보기에는 스테파니도 리키한테 뒤처지지 않는 악인이었다.

스테파니는 1학기 때 공적들을 이용하여 마리에를 학원에서 내쫓으려 했다.

카라는 스테파니가 두려웠다. 어차피 거역할 수 없기에 본가에도 돌아가지 않고 순순히 따르고 있었다.

'그건 그렇고 어째서 나 혼자만 하기휴가 동안에도 계속 돌려보내 주지 않는 걸까? 다른 애들은 본가에 돌아갔는데, 불공평하잖아.'

스테파니는 이런저런 이유를 대며 카라를 곁에 두고 있었다.

본가의 부모님은 '딸이 아가씨 마음에 든 모양이다'라며 태평하게 편지로 기뻐하고 있었다.

카라의 마음도 모르고, 스테파니는 입이 거칠게 오빠를 욕하고 있다.

"아예 차라리 죽어 버렸으면 할 정도야. 아버님이라면 그 녀석을 대신할 사람쯤은 바로 준비할 수 있을 텐데."

오플리가의 가족 구성은 부모님과 남매의 4인 가족이다.

스테파니는 묵시적으로 '당주한테는 후계자 이외에 사생아 남자가 있다'라고 말하고 있는 것이나 마찬가지였다.

카라는 식은땀이 흘렀다.

'내 앞에서 그런 비밀을 재잘재잘 떠들지 마!'

본가로 돌아와 마음이 느슨해졌는지, 스테파니는 카라 앞에서 비밀을 말하는 일이 늘었다.

그것이 무엇을 의미하는지 카라는 깊이 생각하지 않았다. 그럴 여유도 없고, 스테파니에게 그만한 관심도 없었다.

스테파니가 짜증을 냈다.

"서른 살이 넘어서 결혼도 못 하고 집에서 태평하게 누워있는 꼴이라니, 창피하기 짝이 없어. 오플리 가문의 망신이야. 카라, 너도 그렇게 생각하지?"

카라로서는 일개 부하의 입장에서 그렇게까지 깊이 파고든 발언은 하고 싶지 않았다. 그래서 대답을 어물쩍 흘려 넘기려고 했으나, 스테파니의 얼굴을 보고 생각을 급하게 바꾸었다.

"딱히 그렇게까지는…… 아, 아뇨, 그렇게 생각해요!"

"그렇지? 내가 다 창피하다니까. 가족이라는 말을 듣는 것만으로도 화가 나. 차라리 얼른 결혼이라도 하던가."

스테파니의 의견은 지당했지만, 오플리 가문이 결혼하지 못하는 건 특별한 이유가 있어서였다.

리키의 인품도 상당한 문제이지만, 결정적인 이유는 오플리 가문이 벼락출세한 가문이라는 점이었다.

어느 상인이 몰락한 오플리의 이름을 빼앗다시피 하여 일으킨 것이 현재의 오플리 가문이다.

요컨대 지금의 오플리가는 왕국 귀족들이 가장 천하게 여기는 수단으로 출세한, 품위 없는 가문이었다.

인식이 그러하니 다른 귀족들은 오플리 가문과 자진하여 연을 맺으려하지 않았다.

하지만 그저 부하인 카라가 그걸 지적할 수는 없는 노릇이었다.

"리키 님이 조금 더 괜찮은 분이었다면 최소한 결혼이라도 가능하셨겠죠."

카라는 오플리가의 출신 문제를 최대한 회피해서 대답했다.

하지만 스테파니는 거침이 없었다.

"뭐, 우리 집안은 사정이 있어서 결혼이 쉽진 않지. 하지만 그녀석이 조금 더 멀쩡한 인간이었다면 조금은 다르지 않았겠어? 지금은 같이 있는 것만으로도 창피할 지경이야."

짜증을 내며 엄지손톱을 깨무는 스테파니의 모습에 카라는 살짝 고개를 돌렸다.

'그러니까 그런 이야기를 나한테 하지 마! 대답하기 곤란하다고!'

카라가 어떻게 대답해야 좋을지 몰라 난감해하고 있자, 갑자기 스테파니가 심술궂은 미소를 띠었다.

"결혼이라……. 그러고 보니 돈에 쉽게 굴복할 집안이 있잖아? 어때, 너도 좋은 의견이라고 생각하지?"

카라는 스테파니가 무슨 말을 하려는지 쉽게 알 수 있었다. 그 집안을 조사한 게 바로 자신이었기 때문이다.

"하지만 그 집에는 막대한 빚이 있는데요?"

눈치가 빠른 카라의 반응에 스테파니는 기뻐 보였다.

"괜찮아. 그 쓰레기 오빠가 결혼한다고 하면 아버님도 어깨의 짐이 내려갈 테니까. 대신 빚을 갚아야 하겠지만, 그건 내가 설득하면 돼. 그리고 걔들도 일단은 귀족이잖아? 이용할 데가 한 곳쯤은 있겠지."

결혼 후에 대체 뭘 하려는 것인가? ——돼먹지도 못한 것을 생각하고 있는 건 틀림없다.

카라는 식은땀을 흘리며 확인했다.

"그러면 리키 님의 결혼 상대는……."

스테파니가 입꼬리를 올리고 웃으면서 말했다.

"당연히 그 녀석이지. 쓰레기 오빠한테 참 잘 어울리는 상대라고 생각하지 않아? 더구나 이러면 발트파르트한테도 앙갚음할 수 있어."

카라가 성가시겠구나, 하고 있자 맞은편에서 화제가 된 인물이 걸어왔다.

그는 카라와 스테파니를 보자마자 다가와서 깔보는 말을 늘어놓았다.

"스테파니, 오늘도 가난뱅이 펫을 데리고 다니는 거냐? 그러고 하는 친구 놀이가 재미있어?"

얼굴을 돌리고 있던 스테파니가 리키를 찌릿 노려봤다.

"내가 뭘 하든 너와는 상관없잖아."

화내는 스테파니를 보며 재미있어하고 있는지, 리키는 도발을 멈추지 않았다.

"어이쿠 무서워라~. 성격이 이래서야, 아무리 지나도 친구 한 명 못 사귀겠네~."

"시끄러워, 이 돼먹지 못한 쓰레기가!"

결국 사이 나쁜 남매 싸움이 시작되자, 카라는 스테파니 뒤에서 고개를 숙인 채 빨리 끝나기를 기다렸다.

제03화 「2학기」

2학기에는 모브도 생활이 제법 분주해진다. 학원의 큰 행사인 학원제와 수학여행이 있기 때문이다.

일단 눈앞에 닥친 학원제가 이번의 과제다.

이전 생과 다르게, 이 세계의 남자는 입장이 매우 약하다.

일반 모브 남자는 열정적으로 학원 행사에 참여하지 않으면 '저 녀석은 의욕이 없다'라고 여자들한테서 백안시당하고 만다. 즉, 결혼 활동에서 불리해지는 것이다.

최소한 열심히 하고 있다는 어필 정도는 해야 무난하게 넘어갈 수 있다.

그런 이유로, 나와 마리에를 포함한 '가난한 남작가 그룹'의 남자들은 이번 학원제에 전시물을 출품하기로 정했다.

오늘도 그 전시물을 뭐로 할지 이야기하려고 모였는데⋯⋯. 어째서인지 그룹의 남자들이 마리에를 발견하자마자 무릎 꿇고 엎드려 진지한 얼굴로 빌기 시작했다.

"마리에 님, 부디 저희에게 기회를 주십시오! 다시 한번 미팅을, 그녀들과의 만남의 자리를 세팅해주십시오!"

체면을 버리고 마리에한테 절실하게 부탁하는 남자들 사이에는 2, 3학년 선배들도 섞여 있었다.

내 친구인【다니엘】과【레이먼드】도 예외는 아니었다.

남자들의 귀기가 서린 간곡함에 나는 뺨을 씰룩거렸다. 특히 무릎까지 꿇고 빌어대는 친구 놈들은 몹시 실망이었다.

"너희…… 아니, 선배들까지, 이게 뭐 하는 겁니까?"

내가 어처구니없다는 듯이 말하자 모두 진지한 얼굴로 나를 바라보았다. 선배 중에서 가장 친한 실눈의【루클】선배가 먼저 입을 열었다.

"1학기에 리온이랑 마리에가 미팅을 세팅해줬었지?"

"뭐, 그랬죠. 그래서, 그 후의 진전은?"

"그게, 미팅 때 싸우느라 정신이 없어서. 친해질 틈이 없었어."

루클 선배가 '에헷' 하며 혀를 살짝 내밀었다. 조금도 귀엽지 않다.

여자를 둘러싸고 싸웠다고? 싸우지 않기 위해 그룹을 만들어서 정보를 공유하자는 이야기였잖냐.

마리에가 미팅에 부른 여자는 '가난한 남작가 그룹'이 보기에 정말 이상적인 여성들이었다.

한 명은 게으른 여자였고, 한 명은 독서를 좋아하는 은둔형 여자였으며, 또 한 명은 예술가 기질이라 세간의 체면을 신경 쓰지 않는 여자였다.

이전 생이라면 문제아들이지만, 이쪽 세계에서는 이상적인 여자들이다.

문화의 차이를 통감하게 되는군.

그렇게 마리에를 포함하여 일곱 명을 모았는데, 우리 그룹은 그녀들을 둘러싸고 결국 싸움을 벌이고 말았다.

누가 누구한테 대시할지로 의견이 충돌한 것이다.

결국 미팅은 뒷전이 되었고, 아무도 다음으로 이어질 수 있는 대화를 하지 못했다고 한다.

루클 선배가 마리에한테 머리를 숙이고 바닥에 이마를 꽉 눌렀다.

"그러니까 부디! 마리에 님, 한 번만 더 저희에게 기회를 주십시오!"

의자에 앉아 있던 마리에는 무릎 꿇고 비는 남자들을 바라보며 기가 막힌다는 듯이 한숨을 내쉬었다.

하지만 나한테는 마리에의 내심이 훤히 비쳐 보였다. 이 녀석, 지금 남자가 자기한테 엎드려 빌어대는 모습에 조금 기분이 좋아졌다.

여전히 성격이 유감스러운 녀석이다.

"어떻게 할까나~? 또 싸워대서 분위기를 깨면 나만 곤란해지는데 말이지~?"

우쭐해진 마리에의 말에 루클 선배가 머리를 숙인 채 대답했다.

"이번에는 그런 실수가 일어나지 않을 겁니다! 그 전에 저희끼리 결투로 확실히 정할 겁니다!"

"어, 어어, 그래?"

결투라는 흉흉한 단어가 튀어나오자 마리에가 흠칫했다.

마리에는 헛기침으로 표정을 가다듬은 뒤, 남자들을 상대로 교섭하기 시작했다.

"뭐, 딱히 상관없어. 하지만…… 맨입으로 해달라고 하지는 않겠지?"

마리에는 다리를 꼬아가며 여유로운 미소를 지었다.

이 녀석한테 겸허라는 말을 가르쳐주고 싶다.

하지만 루클 선배도 이쯤은 예상한 일이었다.

"물론입니다. 저희가 할 수 있는 일이라면 무엇이든 하겠습니다. 그러니 여자를! 멋진 여성분을 소개해 주십시오!"

"음~ 어떻게 할까나~."

우리 같은 가난한 남작가의 후계자들에게, 마리에가 소개해 주는 여자는 그야말로 여신들이다.

아니, 표현이 과한가? 어쨌든 우리 수준에서 노릴 수 있는 가장 고점이다. 결투를 불사해서라도 교제를 부탁하고 싶을 수밖에 없다.

설령 틀어박혀서 수업이나 학원 행사에 얼굴을 내비치지 않아도 문제가 되지 않는다.

귀찮다는 이유로 게으르게 지내도 된다.

취미 말고 다른 것에는 전혀 흥미가 없고, 사람 이름조차 기억하지 않아도 좋다.

이 세계의 일반적인 여자가 너무 지독하기에, 그 정도는 개성의 범주일 뿐이다.

그런 문제 있는── 아니, 개성적인 여자들과 친한 마리에는 당연한 권리인 양 남자들에게 중개료를 요구했다.

"그·렇·다·면, 식당 푸딩을 매일 준비해 주겠어? 점심에 매일 푸딩을 먹고 싶거든."

마리에의 요구에 남자들이 일제히 고개를 들었다.

"예?!"

이 학원은 귀족들의 배움터. 당연히 식당에서 판매되는 푸딩도 무척 호화롭다.

현대 일본으로 말하자면 한 개에 천 엔이나 하는 인기 디저트다.

참고로 식당은 기본적으로 무료이지만, 메뉴 변경이나 사이드 메뉴 추가는 별도 요금이 든다.

나는 점심 디저트를 뜯어내는 마리에를 보고 어처구니가 없어졌다.

"중개료만으로 학생 식당 푸딩을 요구하는 것도 어이가 없는데, 한두 번도 아니고 매일매일 달라니, 지독하구만."

제아무리 마리에라도 내 말에 뒤가 켕겼는지 미안해하는 듯한 태도가 되었다.

"그, 그렇지만, 먹고 싶은걸. 알았어. 알았다구! 그러면 일주일에 세 번으로 괜찮아."

그 말을 들은 남자들이 놀라서 눈을 휘둥그레 떴다.

"이, 일주일에 세 번?!"

놀라는 남자들을 보고 마리에는 황급히 양보했다.

일주일에 세 번은 요구가 과했다고 생각한 모양이다.

"그러면 일주일에 한 번으로."

마리에의 요구 앞에, 곤혹스러워한 남자들이 원형진을 짜서 의논하기 시작했다.

"야, 이거, 요구가 점점 낮아지는데?! 그냥 정말 푸딩을 준비하기만 하면 되는 거냐?!"

"멍청한 놈. 보나 마나 뭔가의 은어겠지. 일주일에 하나는 보수가 너무 싸."

"아, 그러고 보니 무슨 책에서 지폐 다발을 초콜릿으로 비유하는 이야기를 봤는데."

"초콜릿? 그럼 푸딩은 뭐라고 해석해야 하냐?"

"그걸 내가 어떻게 알아! 하지만 분명 쉬운 물건은 건 아니겠지. 그렇게 멋진 여자들을 소개해 주는데 싸게 넘길 리가 없어."

남자들의 이야기를 들어 보니, 마리에가 제시한 보수가 너무 적어서 의심하는 모양이었다.

비유하자면 명품 가방이나 옷을 달라고 할 줄 알았는데, 편의점 푸딩을 요구한 느낌이려나?

대가가 너무 싸서 도리어 불안해진 모양이다.

남자들이 평소 여자한테 얼마나 갖다 바치고 있는지 잘 알 수 있군.

──나도 포함해서 가난한 남자 그룹이 어쩐지 슬픈 생물로 보이기 시작했다.

루클 선배가 마리에 쪽을 돌아보더니, 어색한 미소를 띠고 있었다.

자기들 선에서 해결되지 않으니 부끄러움을 무릅쓰고 질문할 생각인 거다.

"마리에 님, 무지하여 면목 없습니다만, 푸딩이란 무엇의 은어인지요? 구체적으로 설명해 주신다면 감사하겠습니다."

그 물음에 마리에의 표정이 굳더니, 서서히 분노가 치밀어 오르다가 분개했다.

"너희들, 내가 지금 이상한 요구를 한다고 생각하는 거야? 뭐가 은어인데! 그냥 푸딩을 가져오라고! 매일 식당 푸딩을 준비하라는 말이 어려워?! 여기에 다른 의미가 있을 리 없잖아!"

"예?! 저, 정말로 푸딩만으로 괜찮으신 겁니까?!"

남자들이 진심으로 놀라는 모습을 보고 마리에는 갑자기 미묘한 표정으로 변했다.

이 세계 남자들의 감각에 연민을 느낀 모양이다.

마리에 옆에서 잠자코 상황을 보고 있던 내게 다니엘과 레이먼드가 눈물을 흘리며 달려왔다.

"리온, 마리에 씨는 정말로 최고의 여자다! 네가 부럽다!"

"정말로 그래. 매일 푸딩을 준비하는 것만으로 그녀들과의 자리를 마련해 준다니, 마리에 씨는 여신이야!"

얼마 전까지 '그 애한테는 가까이 다가가지 않는 게 좋다'라는 말을 했으면서, 이제는 여신 취급인가.

정말이지 타산적인 녀석들이다만, 나는 다니엘과 레이먼드의
마음도 이해된다.

──하지만.

"말해 두겠는데, 나랑 마리에는 너희가 생각하는 그런 관계가
아니니까 말이다."

마리와의 관계를 부정하자 다니엘과 레이먼드 두 사람이 내게
의혹이 담긴 시선을 보냈다.

어째서 내 주위는 다들 하나같이 오해하는 걸까?

마치 퇴로를 점차 차단당하는 기분이다.

◇

쉬는 시간이 되자 학원 복도로 학생들이 쏟아져 나왔다.

하기휴가가 막 끝난 참이라 쌓인 이야기가 많은지 친구끼리 떠
들기 바빴다.

물론 그 화제 중에는 속된 것도 섞여 있었다.

"하기휴가 동안 학원에 남은 녀석들한테 들었는데 말이지."

한 남학생이 흥분한 기색으로 막 손에 넣은 참인 화제를 친구
한테 이야기하고 있다.

"율리우스 전하랑 귀공자들이 하기휴가 동안에도 특대생을 부
르러 왔었다더라!"

학원에 없는 동안에 율리우스 일행의 움직임이 있었다는 말에

남학생들은 각자가 흥미를 품었다.

"그렇게나 평민 특대생이 좋은가?"

"그것보다 안젤리카는 어쩌고? 약혼자잖아?"

"학기말 파티에서 아주 엉망이었잖아. 혹시, 안젤리카한테 정나미가 떨어진 것 아닐까?"

흥미로운 이야기에 남자들은 과하게 열중한 나머지, 근처에 당사자가 있는 것도 깨닫지 못했다.

"내 이름이 들린 느낌이 든다만, 뭔가 용건이 있다면 이 자리에서 이야기를 듣도록 하지."

어느샌가 복도가 정적에 감싸여 긴장감이 감돌았다.

남자들은 대화에 끼어든 여자를 발견하고 얼굴이 새하얗게 질리기 시작했다.

"어, 아, 저기, 그게……."

【안젤리카 라파 레드글레이브】가 측근들 앞으로 나섰다.

금발을 땋아 올려 정리한 헤어스타일과 예리한 눈매. 의지가 강해 보이는 빨간 눈동자.

남자는 덜덜 떨기 시작했다. 조금 전까지의 드센 태도는 어디에도 없다.

안젤리카는 큰 가슴 밑으로 팔짱을 끼더니 남자한테 차가운 시선을 향했다.

"왜 그러지? 나한테 정나미가 떨어졌다느니 어쩌니 하는 말을 들은 것 같다만? 빨리 다음 내용을 말해보도록 해라."

"으, 으아…….."

남자가 한 걸음 뒷걸음질 치자, 남자의 친구들이 앞다투어 도망쳤다.

버려졌다고 생각한 남자가 안젤리카한테 등을 향하고 도망치려고 했다.

그러자 한 여자가 남자의 목덜미를 붙잡았다.

안젤리카의 측근에는 무술 소양이 있는 여학생도 여럿 있다.

물론 남자도 단련했을 테지만, 만에 하나라도 반격하면 이후의 결혼 활동에 영향이 나온다. 학원 남자들은 그게 무서워서 손을 대지 못했다.

"도망치지 마라. 안젤리카 님의 질문에 대답하도록 해. 얼른."

"죄, 죄송합니다! 악의는 없었습니다!"

여자는 사과하는 남자를 안젤리카 앞으로 끌고 오더니 바닥에 꽉 짓눌렀다.

그때, 안젤리카는 남자의 얼굴을 차가운 눈으로 내려다봤다.

"조금 전까지의 위세는 어떻게 됐지? 누가 나한테 정나미가 떨어졌는지 부디 꼭 들어두고 싶군. 그리고 소문의 출처도 말이지. ──알려주겠지?"

담담하고 차가운 목소리에 남자는 떨면서 몇 번이나 고개를 끄덕였다.

◇

다회실.

남자가 여자를 다회에 초대할 때 사용하는 방에는 안젤리카와 두 명의 남학생의 모습이 있었다.

한 명은 율리우스.

또 한 명은 【질크 피아 마모리아】. 녹색 장발에 온화해 보이는 분위기의 남학생이다. 키가 큰 미남으로, 본가는 궁정 귀족 자작가이며 율리우스와는 어릴 적부터 함께 자란 젖형제다.

율리우스한테는 제일가는 가신이라고 해도 과언이 아니다.

그런 질크가 안젤리카를 위해 홍차를 준비하고 있었다.

준비하는 김에 안젤리카를 향한 잔소리도 곁들여서.

"안젤리카 씨, 조금 진정해 주십시오. 전하가 하기휴가를 어떻게 보내시건, 안젤리카 씨와는 상관없지 않습니까."

질크가 안젤리카한테 홍차를 내어주자, 안젤리카는 질크에게 험악한 시선을 보냈다.

"나는 전하의 약혼자다. 전하가 다른 여자한테 열을 올리는 걸 어떻게 모른 척하나."

'이 녀석도 무슨 생각을 하고 있는지 잘 모를 남자다. ──그건 그렇고 묘한 냄새가 나는 홍차로군?'

질크가 내어준 홍차에 손을 대는 것을 그만두고, 안젤리카는 테이블을 사이에 끼고 맞은편에 앉은 율리우스를 똑바로 바라봤다.

율리우스도 질크가 준비한 홍차에 손을 대지 않고 입가를 가리는 것처럼 손깍지를 끼고 있었다.

"나에게는 한숨 돌릴 틈도 허용하지 않겠다고 말할 생각인가? 나는 네 아버님 덕분에 하기휴가 내내 바빴다만?"

"아버님도 전하를 생각하는 마음에 하신 행동입니다."

"어떨는지."

하기휴가 중, 율리우스의 장인이 될 예정인 안젤리카의 아버지 【빈스】는 율리우스를 자주 사교계로 데리고 갔다.

그 이유 말인데, 학원에서 이상한 소문이 퍼지고 있는 것을 알게 되어 빈스가 안젤리카를 위해 행동한 결과다.

하지만 율리우스한테는 민폐였던 모양이다.

"네 아버님에게서 놀이도 적당히 하라고 얼마나 못을 박으시던지. ……학원의 이야기를 바깥으로 끌고 오는 것도 모자라 아버지를 의지하는 건 좀 어떤가 하는 싶다만?"

학원에는 암묵적인 규칙이 있는데, '교사나 부모에게 고자질'하는 건 꼴사나운 짓으로 본다.

실제로는 바깥의 힘——본가의 권력을 배경으로 마음대로 행동하는 학생도 많다. 하지만 이걸 꼴사납다고 생각하는 것이 젊은이들의 감각이다. 율리우스한테 안젤리카는 꼴사나운 행동을 한 녀석, 이라는 인식이었다.

안젤리카도 그걸 알아차리고 필사적으로 변명했다.

"저, 저는 사정을 설명한 것뿐입니다!"

안젤리카는 율리우스와의 관계가 잘 안 되어 가고 있다고 보고

했다.

그 결과 빈스가 둘 사이를 중재하고자 움직인 것이었다.

하지만 율리우스한테는 똑같은 일인 듯하다.

"올리비아 일에 너는 관여하지 마라. 참견하는 것도 용납하지 않겠다. 그리고, 내가 어떻게 하건 내 마음이다."

율리우스가 자리에서 일어나자, 안젤리카는 고개를 숙이고 무릎 위에서 주먹을 꽉 쥐었다.

◇

안젤리카가 방에서 나오자 자신의 측근들이 누군가와 말싸움을 하고 있었다.

"그러니까, 안젤리카 님은 바쁘시다고 말하고 있지 않습니까!"

"조금의 대화도 허용하지 않는다는 말인가요? 로즈블레이드 가문도 얕보였군요."

여학생이 부채로 입가를 가리며 말했다. 긴 금발을 세로로 롤처럼 돌돌 만 헤어스타일을 한 독특한 분위기의 여학생이었다.

그녀는 3학년으로 안젤리카에게는 선배이며, 동시에 학원에 입학하기 전부터 알고 지낸 사이이기도 하다.

안젤리카가 측근들을 물러나게 했다.

"디어드리인가. 나한테 무슨 용건이지?"

그녀의 이름은 【디어드리 포우 로즈블레이드】. 지금 3학년 중에서 가장 큰 힘을 지닌 귀족 영애로, 실제로 3학년을 조정하여 이끄는 대표이기도 했다.

디어드리가 안젤리카한테 엄한 시선을 보냈다.

"오플리 가문의 스테파니가 학원에서 꽤 제멋대로 굴고 있는 모양이더군요. 안젤리카, 그 애를 다루기 버거우면 제가 도와드릴까요?"

상급생의 제안에 안젤리카는 질렸다는 표정을 지었다. 이건 단순한 협력 제안이 아니기 때문이다.

"본가의 싸움을 학원에 끌고 오지 마라. 그리고 1학년의 문제는 내가 해결할 테니 신경 쓸 것 없다."

디어드리는 부채를 접어 표정을 내보였는데, 입가가 희미하게 웃고 있었다.

"유감이에요. 격의 차이를 보여주려고 생각했는데 말이죠."

"스테파니와 악연이라도 있나?"

"그럴 리가요. 애초에 그 애는 저를 보면 도망쳐 버리는걸요. 정말로 패기가 없는 아이예요."

로즈블레이드 가문과 오플리 가문은 물과 기름 같은 관계이다.

호르파트 왕국 귀족으로서 줏대를 중시하는 로즈블레이드 백작가는 상인에서 벼락출세한 오플리 백작가가 마음에 들지 않았다.

양자 사이에 다툼은 빈번했고, 작은 규모의 전쟁도 여러 번 있었다. 스테파니와 디어드리는 본가끼리 악연이 있는 상대였다.

안젤리카는 허리에 손을 대고 한숨을 내쉬었다.

적대 관계인 사람이 같은 배움터에 있다 보니 문제가 많을 수밖에 없었고, 본가의 분쟁이 원인이 되어 결투를 벌이는 학생들도 적지 않았다.

그러다 보니 학원에 바깥의 관계나 분쟁을 학원 안에 끌고 오지 않는다는 암묵적 룰이 생겼다.

물론, 그렇다고 해도 바깥과 완전히 단절된 곳은 아니기에 완전히 분리해서 생각할 수 없는 게 현실이었고, 이렇듯 학원은 매우 위태로운 균형 속에서 운영되고 있다.

안젤리카가 매서운 표정으로 디어드리를 쳐다봤다.

"그렇다면 나한테 민폐를 끼치지 마라. 소란을 일으키면 너라고 해도 용서하지 않는다."

자신을 위압하는 안젤리카를 앞에 두고, 디어드리는 미소를 띠고 있었다.

"좋네요, 안젤리카. 당신의 그 얼굴, 언제 봐도 오싹오싹해요."

하지만 백작가, 그것도 무투파인 로즈블레이드 가문의 딸인 디어드리는 안젤리카의 위압에 기가 죽지 않았다.

그녀는 다시 부채를 펼쳐 입가를 가렸다.

"그 애의 고삐를 잘 조여두세요. 이건 선배로서의 충고랍니다."

"……뭔가 알고 있는 건가?"

안젤리카의 물음에 디어드리는 눈가에만 미소를 짓고 나서 등을 돌리고 떠나갔다.

잠자코 있던 측근들이 안젤리카한테 말을 걸었다.

"안젤리카 님, 어떻게 할까요?"

지시를 요청하는 측근들에게 안젤리카는 내버려 두라고 말했다.

"아무것도 하지 않아도 된다. 디어드리가 바보 같은 짓을 하지는 않겠지. 오히려 스테파니 쪽이 말썽일까 걱정이군."

안젤리카는 잇따라 일어나는 문제에 한숨을 내쉬었다.

"나 참…… 어째서 이렇게나 성가신 일만 계속되는 것인지."

교실.

학원제 이야기를 끝내고 돌아오자 다니엘과 레이먼드가 서로 웃으며 대화하고 있었다.

"설마 푸딩을 무언가의 은어라고 착각하다니, 멍청했구만~."

다니엘이 그렇게 말하자 레이먼드는 검지로 안경을 쓱 올려 위치를 바로 고쳤다.

"너무 필사적이어서 시야가 좁아져 있었던 거겠지. 그래도 1학년에 마리에 씨 같은 사람이 있어서 다행이야. 여자 기숙사에서 나오지 않는 여자들을 소개해 주다니, 얼마나 고마운 일이냐."

여자 기숙사에서 그다지 나오지 않는 문제아들.

마리에가 없었다면 우리는 그녀들과 만날 일도 없었을 것이다.

우리한테 마리에의 존재는 무척 고마웠다.

기뻐하는 두 사람을 앞에 두고 나는 푸념을 늘어놓았다.

"나한테도 소개해 줬으면 좋겠는데, 그 얘기를 하면 마리에 녀석은 금세 기분이 나빠진단 말이지."

다만, 내가 이 말을 하면 주위의 반응이 무척 미묘해진다.

실제로 다니엘과 레이먼드가 나한테 차가운 시선을 보내고 있었다.

너희들, 친구한테 향할 눈이 아니라고.

"전부터 생각했다만, 리온은 바보인 거냐?"

"리온은 진심으로 반성하는 편이 좋아. 아니면 밤길을 조심하던가."

모두가 이 녀석들과 같은 반응을 한다.

"너희, 진심으로 나랑 마리에가 사귀고 있다고 생각하냐?"

다니엘은 한숨을 내쉬고는 기가 막힌다는 표정을 지었다.

"그래놓고 사귀지 않다고 하는 게 더 이상하지 않냐? 하기휴가 내내 마리에 씨랑 같이 네 본가에서 보냈다며? 그럼 사실상 약혼한 거나 마찬가지지."

다니엘의 의견에 깊이 동의하는 레이먼드가 팔짱을 끼고 몇 번이나 고개를 끄덕였다.

"정식으로 발표하지 않았으니까 약혼 직전이라고 봐야 하나? 그래도 우리가 보기에는 부러울 따름이야. 뭐, 나한테는 에리 쨩이 있으니까 딱히 상관없지만."

그런 말을 하는 레이먼드를 다니엘이 노려봤다.

"어이, 레이먼드. 지금 에리 쨩을 노리겠다는 거냐? 내가 에리 쨩을 노리고 있다는 걸 알고 있을 텐데?"

갑자기 두 사람 사이에 험악한 분위기가 흐르기 시작했다.

"다니엘, 연애 앞에서 우정은 무가치해. 중요한 건 에리 쨩이 누구를 선택할지야. 안 그래?"

도발하는 레이먼드의 멱살을 다니엘이 양손으로 붙잡아 들어 올렸다.

"너도 나의 에리 쨩을 노리는 거냐아아아!"

"책을 좋아하고 은둔형 성격인 에리 쨩한테는 다니엘보다도 내가 어울려!"

여자를 둘러싸고 우정이 무너지는 순간을 목격했다.

나 참, 시끄러운 녀석들이다.

어처구니없어진 내가 둘의 모습을 보고 있자, 교실에 마리에가 찾아왔다.

그 손에는 광고지가 쥐어져 있었다.

"들어 봐, 들어 봐! 학원제 말인데, 사흘째에는 경기 대회가 있어! 거기서 상위에 들어가면 상금이 나온대!"

더할 나위 없을 정도로 눈동자를 반짝인 마리에는 보고 있는 것만으로도 기뻐하고 있다는 게 전해져 온다.

상금에 눈이 멀어 있지만 말이지.

정말로 욕망에 충실한 녀석이야.

"뭐? 네가 출전하는 거냐?"

내가 그렇게 묻자 마리에는 고개를 가로저었다.

"여자는 안 돼. 집안이라든가 힘 관계로 선수가 정해져 있는걸. 애초에 여자가 참가하는 경기가 적고."

문화제 사흘째에 이루어지는 경기 대회 말인데, 메인은 남자들이다.

메인인 이유? 뭐, 격렬한 경기가 많기에 자연히 남자가 많아지는 것이지만, 가장 큰 이유는 결혼 활동 때문일 것이다.

경기 대회는 남자들한테는 결혼 활동의 장이기도 하다.

여자한테 자신을 선전할 귀중한 기회다.

그 여성향 게임에서는 공략 대상 남자들이 활약하는 이벤트이기도 했다.

주인공님도 활약했던가? 스테이터스 정도에 따라서 활약했을 건데, 이 세계에서는 어떻게 될지 예상할 수 없고 나는 관여할 마음이 없다.

마리에는 광고지 한 장을 내 앞에서 펼쳐 보였다.

"그래서 말이야, 리온은 이거에 출전해 보지 않을래?"

마리에가 나한테 보여준 광고지에는 에어바이크 레이스 경기에 관해 적혀 있었다.

학원제에서도 가장 분위기가 달아오르는 경기다.

"에어바이크 레이스? 이건 무리군."

"어째서?! 이 레이스 상금이 굉장하다구! 조금은 의욕을 보이란 말이야!"

의욕으로 어떻게든 될 문제가 아니다.

"에어바이크 레이스는 인기가 있으니까 출전 엔트리도 남자들 사이에서 쟁탈전이 벌어진다고. 여자도 집안이라든가 여러 사정이 있는 것처럼, 우리도 평소 성적 이외의 여러 사정이 있는 거다."

이전 생의 학교에 존재했던 교내 카스트가 아니라 이쪽은 진짜 계급 제도가 존재하는 나라라고.

카스트란 계급제이고, 귀족들한테는 명확한 계급이 존재한다.

출전 선수를 정할 때는 본인의 실력도 가미되지만, 본가의 지위가 영향을 미치는 건 틀림없을 것이다.

실력만 있어도 안 된다.

마리에가 나한테 귀엣말했다.

"그 왜, 루크시온을 쓰면 출전해서 우승도 가능하잖아?"

"너는 그 녀석을 모르고 있구만."

그 녀석이라면 분명 '돈? ──얼마든지 마련할 수 있습니다만, 뭔가 문제라도?'라고 말할 거다.

그렇게 생각하고 있자, 우리 둘한테만 들리도록 루크시온이 대답했다.

『조건을 확인했습니다. 경기 대회에 참가, 그리고 우승이지요? 그러면 지금부터 유력 선수들은 컨디션 불량이 되도록 만들고, 당일 참가 선수들은 불행한 사고를 당하도록 만들지요. 그렇게 하면 마스터의 우승도 가능해집니다.』

내 상상을 뛰어넘는 대답이었다.

아니 그보다, 불행한 사고라니 뭔데?!

마리에도 루크시온한테 기대는 건 위험하다고 생각했는지, 광고지를 보고 어깨를 풀썩 떨궜다.

"모처럼 돈을 벌 기회라고 생각했는데."

"경기는 내가 나가는데 왜 네 몫을 받을 수 있다고 생각하는 거냐? 바보냐?"

"출전한다면 서포트 정도는 할 거라구! 그것보다도 부탁이야. 이번 달도 위태위태하니까 나한테 협력해 줘."

"뭐? 내가 용돈 줬잖냐."

너무나도 불쌍했기에 2학기가 시작되기 전에 용돈을 건넸다.

게다가 상당한 금액이라 금방 다 쓸 수 있을 거라고는 생각지 않았다.

마리에가 양손을 꽉 쥐고 말하기 힘든 듯한 태도를 보이면서도, 나한테 사정을 이야기했다.

"여차할 때를 생각하면 돈은 더 갖고 싶어. 게다가 학원에 있는 동안에는 괜찮아. 하지만 졸업하면 어떻게 될 거라고 생각해? 추심자들이 몰려올 거란 말이야."

"……농담이지?"

루크시온이 현 상황을 분석했다.

『마리에의 본가는 거액의 빚을 지고 있습니다. 추심자들은 추심이 가능한 마리에한테서 변제받으려 할 겁니다.』

나는 터무니없는 말 같은 건 거절하면 된다고 안이하게 생각하고 있었다.

"애가 진 빚이 아니잖냐."

『그것도 불분명합니다. 일부는 마리에 명의가 사용되었을 가능성이 있습니다. 자기도 모르는 사이에 연대보증인이 되었을 가능성도 있군요.』

연대보증인이라는 말을 들은 마리에의 얼굴이 창백해졌다.

"안 돼…… 연대보증인만큼은…… 절대로 안 돼……!"

마리에의 현 상황이 너무 지독해서 말이 나오지 않았다.

연대보증인이라는 말에 마리에가 울기 시작했기에, 우리 모습을 보고 있던 다니엘과 레이먼드가 나를 노려봤다.

내가 울렸다고 오해하고 있는 것이리라.

황급히 마리에를 달랬다.

"어쨌든 울음 그치라고. 그래! 경기 대회에서는 내기도 열리고 있으니까 내가 한탕 크게 벌어 주마."

평범하게 들으면 바보 같은 대사겠지만, 나한테는 루크시온이 있으니까 내기에 쉽게 이길 수 있다.

하지만 마리에는 강한 의지로 거부했다.

울던 얼굴이 일변해서 진지한 얼굴이 되었다.

"그건 안 돼."

"왜?"

"나는 내기나 도박 같은 게 정말 싫어! 너도 절대로 하지 마."

"그, 그래…….”

──인생은 갬블과 마찬가지라고 생각하지만, 그런 말을 해 봤

자 의미가 없기에 나는 입 다물고 있기로 했다.

　마리에는 양손으로 머리를 누르며 신음하고 있었다.

　"이렇게 되면 학원제에서 정직하게 벌어 주겠어! 팔릴 만한 상품을 생각해야 해."

　실로 씩씩한 녀석이다.

제04화 「즐거운 학원제」

학원제 개최 기간은 사흘간이다.

첫날과 둘째 날은 문화제처럼 학생들이 전시물을 출품한다.

그리고 사흘째는 체육제 같은 경기 대회가 열린다.

이중 첫날과 둘째 날은 학원 외부에서 손님이 찾아와 개최된다.

사흘째만큼은 초대받은 손님만이 경기 대회를 구경할 수 있다.

말하자면 문화제와 체육제를 동시에 개최하고 있는 것이나 마찬가지다.

문화제는 클래스 단위로 전시물을 출품하는 것이 아니라 그룹을 만들어 참가하게 된다.

학원 생활을 고독하게 보내고 있다면 무척 가혹한 행사가 되고 말 것이다.

내 경우에는 다니엘과 레이먼드, 그리고 마리에를 더해 네 명으로 노점을 열게 되었다.

오늘은 학원제를 코앞으로 앞두고, 노점을 낼 장소에 와 있었다.

노점 설치와 도구 설치 등 여러 가지로 바쁜 와중에 나는 푸념을 늘어놓았다.

"원래라면 찻집을 하고 싶었는데."

같이 준비 중인 마리에는 나를 보며 어처구니없어했다.

"찻집은 출점 수가 많으니까 다른 걸로 승부를 보자고 정했잖아. 그 두 사람도 성실하게 재료를 사 오고 있으니까 리온도 일하라구."

다니엘과 레이먼드는 마리에한테서 포인트를 따고자 필사적이다.

무슨 말을 해도 마리에한테 찬성하고, 잡일을 시키면 기꺼이 실행한다.

덕분에 내가 찻집을 내고 싶다고 말했는데도 그 둘은 마리에의 의견을 존중했다.

이 자리에는 나와 마리에뿐이기에 루크시온이 희미하게 모습을 드러냈다.

『마스터도 포기할 줄을 모르는군요. 애초에 이익을 무시하고 개인적인 욕망을 채우기 위해 찻집을 하고 싶은 것뿐일 텐데 말입니다.』

정곡을 찔렸다.

내가 찻집을 열고 싶었던 건 지극히 개인적인 이유다.

딱히 적자가 나도 상관없다. 어차피 지금의 나는 부자니까.

마리에가 반쯤 뜬 눈으로 나를 흘겨봤다.

"이익을 도외시한다니 최악이잖아. 너, 진심으로 돈 벌 생각이 있는 거야?"

마리에의 진심에 나는 질색했다.

"학원제에서 생활비를 버는 쪽이 이상하잖냐……. 어라?"

준비를 진행하고 있자, 내 시야에 들어온 한 여학생의 모습을 발견했다.

방해가 되지 않도록 주위를 신경 쓰며 걷고 있는 그 여학생은 올리비아 양이었다.

두꺼운 책을 안고 있는 걸 보건대, 도서실에서 돌아오는 길인가?

주위를 신경 쓰는 모습이 어쩐지 겁을 먹은 것처럼 보였다.

마음에 걸려 그녀의 모습을 보고 있자, 마리에도 손을 멈추고 올리비아 양을 보고 있는 모양이다.

"전보다도 야위었네."

"그러냐?"

올리비아 양이 야윈 것처럼 보인다는 말을 듣고, 그랬던가? 하고 고개를 갸웃하자 그렉이 뛰어왔다.

"올리비아! 이런 곳에 있었던 거냐? 저기, 학원제 전시에 참여하지 않는다면 나랑 밥을 먹으러 가지 않겠어?"

"네? 아, 네……."

나는 한순간, 정말로 찰나의 순간에, 올리비아 양이 몹시 괴로워 보이는 듯한 표정을 지은 게 보인 느낌이 들었다.

하지만 곧바로 그렉과 함께 걸어가 버렸다.

그렉이 같이 식사하자고 해서 밥을 먹으러 가는 거라면 문제없을 것이다.

"주인공이 순조롭게 귀공자들을 공략하는 중이라 다행이군. 자, 나도 일을 끝내도록 할까."

내가 준비를 재개하자 마리에 쪽이 심각한 표정을 짓고 있었기에 걱정되어 말을 걸었다.

"신경 쓰이는 점이라도 있냐? 설마 또 부럽다든가 하는 말을 하지는 않겠지?"

"너는 단순해서 좋겠네."

"뭐?"

"주위를 보라구."

마리에의 말에 주위를 관찰하자, 올리비아 양과 그렉이 둘이 나란히 걷는 모습을 많은 학생이 주시하고 있었다.

말소리도 들려온다.

"전하에 이어서 세버그 가문의 후계자도 푹 빠진 건가."

"특대생은 마성인가 뭔가의 괴물인가?"

"어째서 저런 여자가 선택받고 나는 선택받지 않는 거야."

제법 주위의 반감을 사고 있는 모양이다.

나는 작게 한숨을 내쉬었다.

"그 여성향 게임이라면 서서히 가라앉겠지."

조금 걱정이 된 나와는 다르게, 마리에는 게임 시나리오를 의심하고 있는 듯했다.

"그렇게 쉽게 가라앉는다면 좋겠지만……."

뿌리 깊어 보이는 문제인 만큼, 나한테도 쉽게 정리가 될 것처럼 보이지는 않았다.

그러자 다니엘과 레이먼드가 재료 구입을 끝내고 돌아왔기에 우리는 이 화제를 마무리했다.

◇

학원제 당일.

"어서 오세요~!! 쌉니다, 싸요!"

노점 판매원인 마리에가 목소리를 크게 높이며 손님을 끌었다.

우리 노점에서는 도넛을 판매하는 중이었다.

물론 평범한 도넛은 거들떠보지도 않을 테니, 마리에가 고안한 컬러풀한 초콜릿 토핑을 아낌없이 뿌렸다.

컵에 넣어 꼬치로 찍어 먹을 수 있도록 볼 도넛으로 했는데…….

나는 미묘한 기분으로 도넛을 튀기고 있었다.

"나는 이걸 먹고 싶다는 생각이 전혀 들지 않는군."

내 옆에서는 다니엘과 레이먼드도 분주하게 볼 도넛을 컵에 넣고 토핑으로 장식하고 있었다.

"너도 제대로 일하라고."

"그래. 마리에 씨의 중요한 생활비가 걸린 문제잖아."

불쌍한 마리에를 위해 열심히 힘쓰는 것 같지만, 여학생을 소개받고 싶다는 흑심이 깔려 있으니 칭찬할 수 없다.

나는 묵묵히 도넛을 계속 만들었다.

다행히도 대량으로 재고가 남는 일은 발생하지 않았다.

마리에가 능숙하게 손님의 흥미를 끌어, 도넛을 계속해서 팔아

치우고 있기 때문이다.

그 때문에 도넛을 계속 만들게 됐지만.

"마리에 녀석은 평범하게 대단하구만."

때로는 억지로 밀어붙여서, 때로는 화술로, 그리고 때로는 눈물로 애원해서—— 온갖 수단으로 도넛을 팔아치우는 모습에 감탄을 금할 수 없었다.

그러자 숨어 있던 루크시온이 말을 걸었다.

어떻게 한 건지는 모르지만, 내 옆에서 바쁘게 일하는 다니엘과 레이먼드 둘에게는 루크시온의 목소리가 들리지 않는 모양이다.

『마스터도 본받아야 하지 않겠습니까?』

"나는 부자니까 일하고 싶지 않아."

『최악의 발언이군요.』

"나는 최악의 모습도 싫지 않아. 오히려 나다워서 아주 좋아한다고."

나는 지금의 나 자신을 인정하고 있고, 아주 좋아한다고 말했는데도 루크시온은 무시했다.

루크시온이 화제를 도넛으로 바꾸었다.

『그것보다도 도넛을 기름에서 꺼내 주십시오.』

"예이, 예이."

루크시온의 지시대로 도넛을 꺼내는 것만으로도 딱 알맞게 튀겨져 나온다.

나는 루크시온의 지시대로 손을 움직이기만 하면 되니 편했다.

『——마스터, 오른쪽에서 두 번째 도넛이 상품 기준을 만족시키지 못했습니다. 분량을 정확하게 지켜 주십시오. 너무 작습니다.』

다만, 이 녀석은 일일이 잔소리가 많아 시끄럽다.

"너는 너무 세세하다고. 휴식 중에라도 내가 먹을 거니까 그걸로 괜찮잖냐."

루크시온과 대화하는 중에도 마리에의 목소리가 주위에 잘 울려 퍼졌다.

"어서 오세요~!! 컬러풀한 볼 도넛은 어떠신가요~!!"

◇

휴식 시간.

실패한 도넛을 들고 노점에서 벗어난 나는 인기척이 적은 장소에 있는 벤치에 앉았다.

학원제의 전시물이 없는 장소는 사람의 왕래가 적고 마음이 차분해져서 좋다.

나는 실패작 처리와 점심 식사를 마치기 위해 이 장소에 왔다.

마리에한테도 같이 가자고 했지만, 생각한 것 이상으로 도넛이 대인기라 계속해서 팔려나가기에 점심을 먹지 않고 계속 판매하는 중이다.

웃음이 멈추지 않는다고 말하면서 말이지.

노동을 향한 그 녀석의 의욕에는 솔직하게 감탄하지만, 나는 본받자고는 생각하지 않는다.

"도넛을 하도 많이 만들어서 이제는 보기도 싫은데."

『실패작을 처리하겠다고 말씀하셨지요? 마스터의 실수니까 어쩔 수 없습니다.』

"너, 날 싫어하지?"

『좋아하지는 않습니다만, 싫지도 않군요.』

"뭐냐, 그 애매한 대답은? 인공지능인 주제에 태도가 분명치 않은 녀석이구만."

도넛을 우물우물 먹었다.

루크시온이 준비한 레시피대로 만든 덕분에 학생이 학원제에서 만든 것치고는 훌륭한 레벨이었다.

"아, 꽤 맛있는데."

『제가 도왔으니 당연합니다.』

곧바로 하나를 다 먹고 두 개째를 덥석 물었을 때, 한 여학생이 내 눈앞을 지나갔다.

고개를 숙인 채 걷는 그 여자는 조금 생각에 잠겨 있는 모양이었다.

그런 여자가 갑자기 양손으로 배를 눌렀다.

내가 있는 곳 바로 앞에 옴으로써 도넛의 달콤한 냄새를 맡은 건지 '꼬르륵~'하고 귀여운 배곯는 소리가 났다.

얼굴이 새빨개진 그 여자는 내 얼굴을 봤다.

"드, 들렸나?"

평소라면 '뭔가 문제라도?'라며 들리지 않는 척을 할 신사인 나지만, 그 여자를 보고 당황했는지 고개를 끄덕이고 말았다.

"아, 네…… 아, 아뇨, 안 들렸습니다!"

황급히 정정했지만 이미 늦었고, 그 여자——안젤리카 씨는 새빨개진 얼굴로 변명하기 시작했다.

"여, 여러 가지로 바빠서 점심을 먹을 여유가 없었다. 게, 게다가 오늘은 평소 곁에 있는 자들도 없어서, 그게……."

무슨 말을 하고 싶은 건지는 모르겠지만, 배가 고픈 모양이었다. 안젤리카 씨의 시선은 내 손에 있는 도넛으로 힐끔힐끔 향했다.

좀 더 고압적인 여자인 줄 알았는데, 의외의 갭이 느껴져 귀엽게 보였다.

긴장이 풀린 나는 가지고 있던 도넛이 든 컵을 내밀었다.

"이거라도 드시겠습니까?"

안젤리카 씨는 망설였다.

"괘, 괜찮은 건가?"

"그럼요."

"미안하다. 돈은…… 나중에 지불하지."

잔돈을 가지고 있지 않은 것인지, 거스름돈이 생기니 나중에 노점으로 돈을 내러 올 생각인 모양이다.

하지만 이 도넛으로 대금은 받을 수 없었다.

"실패작이니까 신경 쓰지 않으셔도 됩니다."

그렇게 말하자, 작은 입으로 도넛을 문 안젤리카 씨가 놀랐다.

"실패작이라고?"

걱정하는 표정을 짓고 있기에, 나는 괜찮다며 안심시켰다.

"아, 크기가 크거나 작아서 상품으로 내놓지 못했을 뿐입니다. 품질에 까다로운 녀석이 있어서, 상품 기준을 만족시키지 않으면 팔게 해주지 않더군요."

"제법 맛있군. 오히려 작은 게 바삭바삭해서 내 취향이다."

"그거 다행이군요."

안젤리카 씨는 내 옆에 앉아 도넛을 맛있게 먹었다.

측근이 근처에 없어서 그런지, 안젤리카 씨는 평소 인상과 달리 편하게 느껴졌다.

평소에는 가까이 다가갈 수 없는 오라가 나오고 있는데, 지금은 조금도 그런 게 느껴지지 않았다.

"이런 건 곁에 있는 자들이 먹게 해주지 않아서 말이지. 내게는 무척 신선하다."

그 여성향 게임의 악역 영애──안젤리카.

하지만 그런 그녀가 도넛을 먹고 있는 모습은 도무지 악인으로 보이지 않았다.

그러고 보니 마리에가 전에 말했었지. 남의 약혼자를 빼앗는 주인공이 훨씬 더 악인이다, 라고.

정작 그 악행을 실천하려 했던 게 마리에이니, 남한테 이러쿵저러쿵 말할 처지는 아닌 것 같지만.

도넛을 다 먹은 안젤리카 씨였는 약간이지만 슬퍼 보였다.

"왜 그러십니까? 역시 맛이 없었습니까?"

입에 맞지 않았나 걱정하자, 안젤리카 씨가 나를 보며 미소 지었다.

"아니, 맛있었다. 그저…… 이런 식으로 발트파르트 경과 이야기할 기회를 얻게 될 줄은 몰랐다."

"예? 저, 저를 알고 계십니까?"

어째서 안젤리카 씨가 나를 알고 있지?

식은땀을 흘리는 나를 보고 안젤리카 씨는 장난꾸러기 같은 미소를 띠었다.

"모험가로서 성공을 거두고, 왕도에 잠복했던 공적을 붙잡은 인물을 어떻게 모르나. 자기가 유명인임을 자각하는 편이 좋다."

"아니, 그건 저기…… 우연이라고 할지, 어쩌다 그렇게 된 거라서 말이죠……."

"운의 결과라고 할지라도 이뤄낸 일은 크다. 더 가슴을 펴라. 그럼, 나는 이제 가야겠다. 도넛의 답례는 다음에 하도록 하지."

쿡쿡 웃으며 일어선 안젤리카 씨는 즐거워 보이는 표정으로 떠나갔다.

"내가 유명인이라고……?"

『그만한 일을 해 놓고서, 자각이 없다니 기가 막히는군요.』

나는 루크시온의 잔소리를 흘려듣고, 머리를 긁적인 뒤 일어서서 노점으로 돌아가기로 했다.

슬슬 돌아가지 않으면 마리에한테 불평을 들을 것 같다.

◇

리온과 헤어진 안젤리카는 조금 기분이 편해진 느낌이 들었다.

'생각했던 것보다도 나쁘지 않군. 향후에 전하 곁에 필요한 인물이다.'

우연히도 리온과 이야기할 기회를 얻었는데, 인상으로서는 상상 이상이었다.

'가까운 시일 내에 전하께 소개해야겠군. 전하께서는 학원 생활을 즐기기를 바라시니 교우 관계가 넓어지는 걸 사양하진 않으실 터다.'

조금이라도 율리우스와의 관계를 개선하기 위해 안젤리카는 자기가 먼저 다가가자고 생각하고 있었다.

그리고 먹었던 도넛의 맛을 떠올렸다.

'비슷한 것은 몇 번인가 먹은 적은 있지만, 오늘의 도넛은 각별하게 느껴졌다. 또 먹을 기회가 있을지…….'

안젤리카는 리온과 함께 먹은 도넛의 맛이 마음속에 남았다.

최근에는 여러 가지로 문제투성이라 머리가 아팠지만, 조금 전에는 모든 걸 잊고 해방된 기분이 들었다.

'그런데 답례를 어찌해야 할까. 다음에 과자를 선물할까? 그게 아니면 뭔가 다른 게 있나?'

리온에게 줄 답례품을 생각했더니, 본인도 깨닫지 못하는 사이에 미소를 짓고 있었다.

하지만 그런 안젤리카 앞에 마주치고 싶지 않은 여학생이 다가왔다.

고개를 숙이고 걷는 그 여학생은 안젤리카가 있는 것을 알아차리지 못하고 있었다.

안젤리카의 표정에서 미소가 사라졌고, 그 여학생——올리비아와 엇갈릴 때 말을 걸었다.

"제법 전하 마음에 든 모양이더군, 특대생."

"예……?"

놀라서 고개를 든 올리비아는 상대가 안젤리카임을 알자 핏기가 가신 얼굴이 되었다.

뭔가 말하려 했지만, 입이 뻐끔뻐끔 움직일 뿐이었다.

안젤리카는 눈살을 찌푸렸다.

"질크나 다른 녀석들과도 사이가 좋다는 것 같군. 그들의 약혼자들이 걱정하고 있었다. 특대생한테 지나치게 빠져 있다고 말이지."

"아, 아뇨, 저는 그런 게 아니라…… 그건……!"

올리비아가 필사적으로 뭔가 호소하려고 했지만, 안젤리카한테는 아무래도 좋았다.

오히려 지금은 얼굴도 보고 싶지 않았다.

조금 전까지의 즐거웠던 기분이 엉망으로 잡쳐진 듯한 느낌이 들어, 괜히 더 괘씸하게 생각됐다.

"너는 내 충고를 무시했다. 나중에 후회하지 마라."

'언젠가 왕위를 이으실 전하를 미혹하다니, 대체 무슨 생각인지. 설령 네가 전하와 맺어져 측실이 되어 왕궁에 들어온다고 하더라도 결국 권력 투쟁에 휘말릴 뿐이다. 도무지 평민이 평화롭게 살아갈 수 있는 곳이 아니건만.'

그렇게 말하고 안젤리카는 떠나갔다.

◇

안젤리카의 말에 올리비아는 몹시 충격을 받았다.

"나, 나는…… 어떻게 하면…….''

안젤리카가 귀족 중에서도 높은 지위에 있다는 건 올리비아도 최근에야 알게 되었다.

여학생과 거의 교류가 없기에 상세한 정보는 무엇 하나 손에 들어오지 않았다.

유일한 접점인 율리우스나 귀공자들도 안젤리카 이야기를 하면 싫어했다.

"율리우스 전하나 다른 분들한테 상담하면 이번에는 안젤리카 씨를 화나게 할 거야. 어, 어쩌지. 그랬다간, 내 고향이…….''

지금까지 다른 여학생들한테 들었던 말이 뇌리에서 되살아났다.

안젤리카를 화나게 했다가, 공작가가 군대를 파견하여 올리비아의 고향을 불바다로 만들어 버리는 상상을 하고 말았다.

"무서워…… 누구라도 제발, 도와줘…….''

제05화 「이 세계의 현실」

학원제 이틀째 날이 끝났다.

남자들이 밖에서 뒷정리하는 와중에 마리에는 교실에서 벌어들인 금액을 세며 웃고 있었다.

"역시나 부자들이 다니는 학원이네. 단가를 터무니없이 높게 설정해도 날개 돋친 듯이 팔렸어."

일본 엔으로 말하자면 한 개에 천 엔 정도로 판매했다.

볼 도넛 다섯 개가 든 컵 하나로 천 엔. 이전 생의 마리에라면 절대로 손을 대지 않았으리라.

거기서 한층 더 토핑을 추가하면 몇백 엔이 더 가산된다.

하지만 이곳의 손님층은 돈 많은 귀족들이다 보니 비싸도 상당한 수가 팔렸고, 결과적으로 크게 벌 수 있었다.

지폐 다발을 셀수록 마리에는 기분이 좋아졌다.

"이 돈이면 생활비로 곤란함을 겪을 일도 없어. 아 참, 숨겨 둬야지. 추심자한테 빼앗길라."

마리에는 지폐 다발을 소중한 듯이 품에 집어넣었다.

그때 측근을 거느린 여학생이 찾아왔다.

양옆으로 땋아 내린 머리로 고리를 만든 헤어스타일의 여자는 전속 사용인이라 불리는 아인종 노예들을 잔뜩 거느리고 있었다.

화장이 진하고 향수 냄새가 강해서 만나고 싶지 않은 인물——
오플리가의 스테파니였다.

"라판 자작가의 마리에지?"

스테파니가 자신을 만나러 올 거라고는 생각지 않았던 마리에
는 당황했다.

"그렇긴 한데…… 뭔가 용건이야?"

"너, 윗사람을 대하는 태도가 안 되어 있네. 설마 오플리 백작
가를 모른다고 하진 않겠지?"

"네가 스테파니지? 유명인이니까 이름 정도는 알고 있어."

'어째서 네가 날 찾아 오는 거야?! 브래드를 노렸던 건이라면
실패했고, 애초에 공적을 뒤에서 조종하고 있었던 주제에 날 만
나러 와?! 서, 설마, 못을 박으러 왔다든가?'

상대가 자신한테 접촉해 온 이유를 알 수 없다.

마리에가 곤혹스러워하자 스테파니가 유쾌하다는 듯이 웃었다.

"아무것도 듣지 못했어? 네 집안이랑 우리 가문이 혼인을 맺게
됐어. 결혼하는 건 우리 오빠랑 너야."

"……뭐?"

갑작스러운 이야기에 마리에는 이해가 되지 않았다.

애초에 가족에게 그런 이야기는 조금도 듣지 못했다.

"멋대로 그런 말을 해도 곤란해. 애초에 나는 모르는 일이야."

하지만 스테파니에게 마리에의 의견은 아무래도 좋았다. 그저
사실을 전하러 왔을 뿐이었다.

"네 의견 같은 건 아무래도 좋아. 네 본가는 너를 결혼시킬 거라고 말했었어. 그리고, 가난뱅이 귀족들과 어울리고 있는 모양인데, 앞으로는 삼가도록 해. 너 때문에 나까지 평판이 떨어지는 건 사절이니까 말이야."

마리에는 누구에 대해 말하고 있는 것인지 알아차리고 주먹을 꽉 쥐었다.

"······평판이 떨어진다니 무슨 소리야?"

"그대로의 의미야. 가난뱅이 남작가 그룹에 더해 벼락출세한 발트파르트와 사이가 좋은 모양이던데. 그런 거, 민폐니까 그만두도록 해."

이 녀석은 뭘 착각하고 있는 거지?

그렇게 생각한 마리에였으나, 상대는 아랑곳하지 않고 이야기를 계속했다.

"너는 우리 오빠랑 결혼하는 거야. 발트파르트와 맺어지지 않아서 아쉽게 됐네."

깔보는 듯한 미소를 보내는 스테파니를 앞에 두고, 마리에는 스테파니가 무슨 생각을 하고 있는지 예상이 됐다.

'이 녀석, 남의 불행을 보면서 즐거워하고 있는 거네.'

태도나 대화로부터, 상대가 쓸데없이 우위를 점하려 드는 타입이라고 판단했다.

예상대로인 짜증 나는 녀석이었다.

"리온과는 그런 관계가 아니야."

고개를 돌리고 그렇게 말해 주자 스테파니가 코웃음을 쳤다.

"그렇다면 좋겠지만 말이지. 일단 충고는 했으니까 앞으로는 조심하도록 해. 아, 그렇지. 미안하지만 결혼식은 급하게 올려야 겠어."

"어, 어째서?"

결혼식을 올린다. 그건 즉, 학원 퇴학을 의미한다.

보통이라면 재학 중에는 약혼까지만 하고 졸업 후에 결혼한다.

하지만 정식으로 결혼한다면 이야기는 달라진다.

마리에가 당황하는 모습이 재미있었는지 스테파니가 얼굴을 가까이 가져다 댔다.

"우리 오빠는 쓰레기 같은 인간이라서 말이지. 너한테는 딱 맞는 남자니까 잘 어울려. 아아. 착각하지는 마. 우리 집에 온다고 해서 사치부릴 기회는 없어. 너는 그저 후계자를 마련하기 위한 도구니까."

스테파니는 그 말만 하고는 깔깔 웃으며 떠나갔다.

마리에는 이 순간에 자신의 현 상황을 이해했다.

'내 제2의 인생…… 끝났어.'

학원제 사흘째.

경기 대회로 학생들이 달아오르는 분위기를 보여주는 와중에,

나는 마리에한테서 가정 사정을 듣고 있었다.

장소는 인기척이 없는 회장 바깥.

"네가 오플리 가문 후계자랑 결혼?!"

스테파니 쪽에서 어떠한 접촉이 있을 가능성은 고려하고 있었지만, 설마 마리에와의 결혼 이야기가 나올 거라고는 상상도 하지 않았다.

경기 대회 회장에서 학생들의 달아오른 목소리와 환성이 들려온다.

그것들이 아무래도 영 시끄럽게 들렸다.

마리에는 힘없이 웃었다.

"이야~, 설마 오플리 가문의 후계자가 내 매력을 알아차릴 거라고는 생각하지 못했네. 나는 정말로 죄 많은 여자야."

농담하고는 있지만, 지금의 마리에한테 여유가 있는 것처럼 보이지는 않았다.

"네가 거절할 수 없는 거냐?"

"너도 알고 있잖아? 이래 보여도 나도 귀족이야. ······엄청나게 가난하지만 말이지."

아무리 가난한 생활을 하고 있더라도 귀족은 귀족. 결혼에 자유가 없는 건 드문 이야기가 아니다.

애초에 결혼이란 집안끼리의 계약이라는 의미가 강하다.

학원에서 취향에 맞는 상대를 찾았더라도, 가문이나 자산, 집안끼리의 관계 문제를 따져야 한다.

자유연애가 허용되는 듯이 보이지만, 실은 매우 엄격한 조건이 항상 따라다니고 있다.

그 여성향 게임의 세계치고는 제법 생생한 현실을 도입했군 싶다. 순수한 연애 끝에 맺어지는 결혼이 오히려 드문 세계인 거다.

당사자의 마음보다 가문과 관계가 더 중요한 게 보통이다. 소위 말하는 정략결혼이다.

나도 한 번은 집안을 위해 억지로 결혼하게 될 뻔했다.

그때는 상당히 무모한 행동으로 혼담을 피하기는 했지만, 마리에의 경우는 나와 사정이 다르다. 이미 양가의 합의가 성립한 상황이다.

어째서인지 내 입에서 마리에를 설득하는 듯한 대사가 나왔다.

"오플리 백작가의 후계자이니, 분명 제대로 된 남자가 아닐걸."

"그렇겠지. 스테파니가 쓰레기 같은 인간이라고 말했을 정도니."

"그 녀석이? 그렇다면 볼 것도 없네. 애초에 오플리가는 곧 말소당할 가문이잖아. 시집가 봤자 너는……."

행복해질 수 없다.

그 여성향 게임에서 오플리 백작가는 주인공 일행에게 적대하는 가문이다.

공적과 손을 잡고 주인공인 올리비아 양을 제거하려다가 도리어 화를 당한 끝에 오플리가는 말소당한다.

그 여성향 게임으로 말하자면 중반의 분위기가 고조되는 상황에 나오는 적이다.

게임 시나리오를 생각한다면 엮여서 좋을 게 없는 집안이다.

애초에 시나리오가 없더라도, 교류하지 않는 편이 좋은 집안이지만.

마리에도 그건 아는지, 고개를 숙이고 양손을 꽉 쥐었다.

"나도 싫어! 당장 도망치고 싶다구. 하지만…… 이런 세계에서 나 혼자 도망쳐서 살아갈 수 있다고 생각해?"

이 결혼은 집안 사이의 문제다.

만약 마리에가 도망치면 라판 자작가와 오플리 백작가는 전력으로 마리에를 색출할 것이다.

멀리 도망치면 될 것 같이 들릴 수도 있지만, 이 세계는 이전 생과는 환경이 전혀 다르다.

먼 땅에서 여성이 혼자 살아갈 수 있을 리 만무하다.

귀족의 마수에서 계속 도망치기도 쉽지 않다. 두 가문에 겁을 먹으며 도망 생활을 한다는 건 육체적으로도 정신적으로 힘들다.

만일 내가 마리에를 본가에 숨기면 두 가문은 반드시 나를 의심하고 발트파르트 가에 몰려올 것이다.

나는 물론 우리 본가까지 말려들게 되는 거다.

"쇠락했어도 라판 가 역시 일단은 귀족이야. 도망치면 상대 집안도 체면과 관련되고, 언젠가는 반드시 발견될 거야. 게다가 계속 도망치는 인생 같은 건 지치니까 싫어."

마리에는 이미 체념한 모양이었다.

"아~아, 하다못해 수학여행 정도는 가고 싶었는데……."

"수학여행도 못 가는 거냐?"

2학기 행사조차 가망이 없다는 건 당장 결혼해서 퇴학한다는 말이잖아?

어째서 그렇게 결혼을 서두르지?

마리에가 알고 있는 정보를 나한테 알려주었다.

"오플리 가문이 결혼은 빠른 편이 좋대. 우리 본가는 그걸 받아들인 거고. ……조금 전에 편지가 왔는데, 어서 결혼하라고 적혀 있었어."

마리에가 나한테 보여준 것은 꽉 쥐어 꾸깃꾸깃해진 편지였다.

부모가 딸한테 보낸 것치고는 쌀쌀맞은 문장으로, 애정이 조금도 느껴지지 않았다.

도중에 경기 대회 회장에서 찢어질 듯한 환성이 일어났다.

누군가가 활약한 모양인데, 나는 그걸 신경 쓸 겨를이 아니었다.

지금은 마리에를 어떻게든 구해야만 한다.

"마리에."

"아, 이상한 생각 하지 마."

루크시온을 써서 돕고자 생각했을 때, 마리에가 제동을 걸었다.

내 반응은 처음부터 예상했던 모양이다.

"나도 처음에는 도움을 받을까 생각했어. 루크시온이라면 도와줄 것 같고 말이야. 하지만 지금은 오플리 가문과 싸워서는 안 된다고 생각해."

"어째서?"

"이후에 중요한 이벤트가 기다리고 있잖아? 쓸데없는 일을 해서 이상한 영향이 생기면 어떻게 할 건데?"

나는 나도 모르는 사이에 주먹을 꽉 쥐고 있었다.

게임상의 이유를 우선한다면 오플리 가문은 중반까지—— 2학년 중반 무렵까지 무사해야 한다.

또한, 우리가 연관됨으로써 시나리오에 변화가 일어나는 사태는 되도록 피해야 한다.

"실제로 말이야, 내가 결혼하는 흐름도 이상하잖아? 쓸데없는 짓을 한 벌일까?"

다섯 명의 귀공자한테 대시한 벌이라고 말하는 마리에. 아무래도 각오를 굳힌 모양이었다.

"네가 도와달라고 말하면, 나는……."

"돕는다고 해도 큰일이잖아. 나를 숨기면 네 본가가 분명 의심받을 거야. 루크시온이 있으니까 어떻게든 되겠지만, 오플리 가문은 실제로 굉장히 성가신 상대 아니야?"

현실에서 생각해도 나쁜 소문이 끊이지 않는 집안이라는 건 성가시다.

악행을 저질러도 무마되고 있다는 건 왕국이 그냥 넘어가 주고 있기 때문이다.

왕국 내에서 실력 있는 누군가가 감싸고 있을 터다.

어설프게 오플리 가문에 손을 대면 한층 성가신 적을 만들 가능성이 생겨난다.

마리에를 돕고자 한다면 상응하는 각오가, 큰 각오가 필요할 것이다.

내가 아무 말도 하지 않고 조용히 있자 마리에가 얼굴 한가득 미소를 띠었다.

"그동안 즐거웠어."

"뭐?"

"그러니까, 생각했던 것보다 즐거웠다는 이야기야. 왕자랑 귀공자들은 이쪽을 거들떠보지도 않는 바람에 역하렘으로 놀고먹으면서 편하게 지내는 생활은 보낼 수 없었지만, 그래도 너랑 함께 지냈던 생활은 나쁘지 않았어."

마리에가 고개를 한 번 숙였다가 다시 들었다.

"그럼 안녕. 뭐, 오플리 가문이 말소되어도 나는 괜찮아. 귀중한 회복 마법 사용자이니까. 끈질기게 살아가 주겠어."

체념하고 결혼을 받아들이면서도, 이미 앞일을 생각하고 있는 듯하다.

마리에라면 끈질기게 오래 살아 줄 것 같은 느낌이 든다.

하지만 그건 마리에가 바란 행복이 아니다.

"너는 그걸로 괜찮은 거냐? 학생 생활을 다시 시작하고 싶다고 말했었잖냐."

마리에는 곤란한 듯이 웃고 있었다.

"게임 오버가 되는 것보다는 나아. 주인공들이 활약하지 않으면 이 세계가 정말로 큰일 나는 거잖아? 나는 현실에서 배드 엔딩을 맞이하는 건 싫어."

"그, 그렇지만⋯⋯."

마리에는 그대로 나한테 등을 돌리고 걸음을 내디뎠다.

"여러 가지로 고마워. 너도 힘내도록 해. 루크시온이 있으니까 걱정할 필요 없겠지만."

제법 작고 미덥지 못한 등이다.

그 뒷모습이 이전 생의 여동생과 겹치고 말았다.

"아⋯⋯."

나는 손을 뻗었다가, 곧바로 그 손을 내렸다.

각오를 굳힌 마리에한테, 내가 뭘 해줄 수 있다는 건가?

제06화 「리온의 각오」

학원제 사흘째 밤.

밖에서는 학생들이 아직 들떠 있지만, 나는 남자 기숙사로 돌아와 교복을 입은 채로 침대에 누워있었다.

근처에 루크시온이 떠 있는데, 불을 켜지 않은 방은 어둡기에 루크시온의 빨간 렌즈가 빛나고 있다.

오늘 있었던 일에 불만이 있는지, 루크시온이 내 얼굴에 가까이 다가왔다.

『정말 이대로 괜찮은 겁니까?』

"뭐가?"

『말하지 않아도 알고 계실 터입니다. 이대로 마리에가 결혼하도록 내버려 둬도 괜찮은 것인가, 라고 묻고 있습니다.』

나는 루크시온을 보고 싶지 않아서 몸을 돌려 눕고 등을 향했다.

"전에도 말했잖냐. 게임 이벤트라든가, 여러 가지로 이유가 있다고."

『마스터는 정말로 겁쟁이로군요.』

"뭐 임마?"

얼굴만 돌려서 루크시온을 보자, 루크시온이 내게 명령을 요청했다.

『제게 명령하시면 당장 오늘이라도 오플리 백작가를 제거하겠습니다. 그 뒤에 있는 녀석들까지 전부. 별로 어렵지도 않습니다.』

정말로 흉흉한 인공지능이다.

무심코 그 제안을 받아들이고 싶어진 자신이 한심했다.

문제 하나를 해결하자고 수많은 새로운 문제를 만들면 의미가 없다.

나는 루크시온의 제안에 퇴짜를 놓았다.

"그 결과 이 여성향 게임 세계가 멸망하면 의미가 없잖냐."

『솔직하게 말해서 저는 게임 시나리오에 흥미가 없습니다. 애초에 저는 게임상의 시나리오에 관해 고려하고 있지 않습니다.』

마리에는 구인류의 특징이 많은 모양이라, 루크시온이 특별히 마음에 들어 했다.

그런 마리에를 돕기 위해서라면 다소 무모한 행동을 해도 괜찮다고 생각하는 듯하다.

앞뒤 생각을 하지 않는다면 훌륭한 해결책이지만, 그렇게 간단한 이야기가 아니다.

"최종 보스가 성가신 녀석이라서 말이지, 아무리 너라도 완전히 쓰러뜨릴 수는 없어. 결국 올리비아 양이 어떻게든 해야 하는 거지. 그러려면 오플리 가문과 마리에의 문제에 관여하는 건 피해야 해. 무슨 말인지 이해하냐?"

최종 보스를 쓰러뜨리지 못하여 나라가 멸망하고 수많은 사람이 목숨을 잃는 결과가 되는 건 나도 마리에도 바라지 않는다.

『저라도 완전히 쓰러뜨릴 수 없는 적이 정말 있는지 의문입니다만, 그렇다면 이 대륙에 사는 사람들을 저버려도 괜찮은 것 아닌지?』

"싫어. 아니 그보다, 너는 항상 과격하구만."

마리에한테 집착을 보이는 루크시온이지만, 마법을 쓸 수 있는 신인류의 후예——이 세계의 사람들한테는 매우 냉정하다.

오히려 멸망하면 된다고 생각하는 위험한 인공지능이다.

『그러면 마리에가 이대로 결혼해도 마스터는 후회하지 않는 겁니까?』

"그만 입 좀 다물어."

내가 명령하자, 루크시온이 나한테 뭔가를 말하는 일은 없었다.

그저 빨간 렌즈가 나를 보고 있을 뿐이다.

마치 타박하는 듯한 시선으로 나를 바라본다.

그런 와중에 나는 마리에의 뒷모습에 내 여동생의 모습이 겹쳐 보인 광경을 떠올리고 있었다.

전부터 신경 쓰였다.

하지만 결정적인 증거가 없다.

나도 마리에도, 이전 생의 이름을 떠올리지 못하고 있다.

그 여성향 게임에 관한 기억도, 이전 생의 기억도 있는데도, 이름만이 기억나지 않는다.

마치 뭔가 의도적인 것이 있는 것처럼 느껴지고 만다.

그렇더라도, 여러 공통점이 있으면 부자연스럽다는 생각이 들게 된다.

이것저것 여러 가지로 생각하면 생각할수록 마리에는 이전 생의 내 여동생과 비슷하다.

이따금 여동생한테 향했던 짜증 나는 감정과 그리움, 함께 있을 때의 편안함을 느끼고 있었다.

──마리에가 이전 생의 내 여동생인 걸까?

그렇다면 나는 어떻게 해야만 하지? 몇 번이고 자신에게 물었다.

나는 어떻게 하고 싶은가? 하고.

상반신을 일으킨 나는 루크시온한테 말했다.

"루크시온, 미안하지만 네 제안은 각하하겠어."

『──유감입니다.』

루크시온이 정말로 유감스러운 듯한 전자 음성으로 대답했기에, 짓궂은 표정을 지어 줬다.

"하지만, 마리에의 결혼을 인정하고 싶진 않아."

『그럼 어찌하실 겁니까?』

"마리에의 결혼을 저지해야겠어. 애초에 그 녀석이 나보다 먼저 결혼하는 게 마음에 들지 않아."

내가 마리에를 돕고 싶은 이유를 들은 루크시온은 외눈을 좌우로 내저었다.

『마스터다운, 훌륭하게 비뚤어진 이유군요. 인공지능인 저조차 마스터의 인간성이 의심됩니다.』

"언제나 말하잖냐. 나는 이런 내가 싫지 않다고."

침대에서 나온 나는 곧바로 행동을 개시하기로 했다.

루크시온이 내 오른쪽 어깨로 날아와 이후의 예정을 물어봤다.

『그래서, 마스터는 이제부터 뭘 하실 생각입니까?』

"이렇게 보여도 나는 바깥부터 메워 나가는 남자다. 일단 왕궁에 오플리 가문이 공적과 이어진 증거를 제출해서 움직이게끔 하겠어."

『그 증거는 어떻게 찾을 생각이십니까?』

"네가 있잖아?"

당연하다는 듯이 루크시온을 의지할 생각이었다.

내 태도에 루크시온은 체념한 듯한 소리로 대답했다.

『결국 저한테 의지하는 거군요. 조금 전처럼 고민하느라 판단을 내리지 못하는 상황보다는 낫겠습니다만. 그런데, 그렇게 하면 게임 시나리오를 파탄시키지 않고 일을 수습할 수 있는 겁니까?』

나는 어처구니없다는 표정으로 루크시온을 봤다.

"당연히 어림도 없지."

『그럼 시나리오를 포기하더라도 마리에를 도우시겠다는 겁니까?』

"시나리오가 파탄 나더라도 나랑 네가 수습하면 어떻게든 되지 않겠냐."

『그걸 계획 없이 되는 대로 하고 보는 식이라고 말하지요. 실로 마스터다운 해결 방법입니다.』

"됐으니까 간다. 일단 증거를 준비해 줘."

『맡겨 주십시오. 저로서는 왕궁이 이런 일로 움직일 것 같지는 않습니다만.』

"쓸데없는 한 마디가 많다고."

◇

루크시온이 모은 증거품들을 왕궁에 전달하고 며칠이 지났다.

마리에는 학원을 그만둘 준비를 착착 진행하고 있지만, 내 쪽은 지지부진했다.

나는 지금 내 방에서 책상에 엎드려 있다.

"이 나라는 정말로 최악이구만! 내가 모처럼 증거를 모아서 제출했는데, 그걸 뭉개서 없었던 일로 만들다니."

결과부터 말하자면, 내가 제출한 증거는 누군가의 손에 의해 은폐되고 말았다.

루크시온이 조사한 한에서는 왕궁 내에서 눈에 띄는 움직임은 없다는 듯하다.

오히려 오플리 가문 관련 증거를 누가 모았는가? 그런 화제로 궁정 귀족들이 모여 회의하고 있었다는 모양이다.

──익명으로 증거를 제출한 게 현명한 선택이었던 것 같다.

『증거를 모아 왕궁에 제출한 건 저입니다만.』

"명령한 건 나니까 내 공로야."

『그리고 실패하면 책임은 저한테 지게 하겠다는 거군요. 훌륭한 마스터를 두어서 무척 기쁘게 생각합니다.』

"비아냥과 비꼬는 말이 많은 인공지능을 가져서 나도 행복해."

루크시온과 실없는 대화를 나눈 나는 상반신을 일으켜 작게 한숨을 내쉰 뒤 기분을 새로이 다잡았다.

애초에 이 정도는 예상 가능했다.

"이전에 붙잡은 공적들은 모두 감옥 안에서 자살했다고?"

『예. 그렇게 처리되어 있었습니다. 저는 누군가가 벌인 공작이라고 예상합니다.』

"생각했던 것보다 오플리 가문의 영향력이 큰 모양이군."

어차피 나도 게임 중반의 분위기를 고조시키는 중간 보스가 이 정도로 쉽게 퇴장할 거라는 생각은 하지 않았다.

하지만 왕궁의 반응은 조금 뜻밖이었다. 설마 증거를 제출한 쪽을 조사하기 시작할 줄이야.

루크시온이 흔적을 남기지 않았기에 나한테까지 다다를 일은 없겠지만.

——설마 이렇게까지 부패했을 거라고는 생각지 않았다.

『그리고, 마스터가 예상했던 대로였습니다.』

"며칠 만에 거기까지 조사한 거냐?"

기분 탓인지, 루크시온이 놀라서 눈을 크게 뜬 나한테 뽐내듯이 말하는 것 같았다.

『이 정도로 놀라시면 곤란합니다. 오플리 가문 말입니다만, 왕궁 내에서 권력을 가지고 있는 인물이 뒷배가 되어 주고 있습니다.』

역시 오플리 가문의 뒤에 권력자가 있었다.

나는 조금 생각하고 나서 답을 내놓았다.

"그 여성향 게임의 관점으로 생각하면 악역일 테니까…… 레드 글레이브 가문인가?"

한순간, 학원제에서 봤던 안젤리카 씨의 미소 지은 얼굴이 떠올랐다.

악역 영애라고 하기에는 착실한 사람이었는데, 본가도 그녀와 같을 거라는 보장은 없다.

다만 그냥 예상안을 말한 것뿐인데도 기분이 영 떨떠름했다.

다행히 루크시온은 내 대답을 부정했다.

『꽝입니다. 정답은 프램튼 후작입니다. 왕궁 내에서 상당한 영향력을 지니고 있습니다. 그가 궁정 귀족들을 포섭하여 오플리 가문의 악행을 무마하고 있었습니다.』

"프램튼 후작……?"

『그에 대해 뭔가 알고 계신다면 지금 정보를 제공해 주셨으면 합니다만.』

"어, 그게…… 어땠으려나?"

나는 전생하고 곧바로 공략 정보를 기록했던 노트를 펼쳤다.

10년 이상이나 된 노트는 너덜너덜해진 상태지만, 나한테는 중요한 공략본이다.

하지만 프램튼 후작의 이름은 나오지 않았다.

"귀동냥이 있는 것 같은데…… 기억나지 않는군. 모브 귀족 아니냐?"

『모브라고 해도 후작가── 이 나라에서는 왕가와 관계가 있는 핏줄입니다. 계승권도 가지고 있고, 중요 인물입니다.』

왕위 계승권을 가지고 있다고는 해도, 국왕이 될 가능성은 적다. 계승권도 그저 장식에 가깝다.

그런데 나랑 같은 모브이면서, 현실에서는 영향력이 큰 인물이었다.

"난처하게 됐군. 그런 녀석이 오플리 가문을 감싸고 있다면 증거를 제출해도 통하지 않는 게 당연하지. 바깥에서부터 메워 나가는 건 무리일지도 모르겠어."

강경 수단으로 나갈 가능성이 높아진 나는 깊은 한숨을 내쉬었다.

그런 내게 루크시온이 진언하는 내용은 꽤 뜬금없는 것이었다.

『그러시다면 학원 학생인 디어드리 포우 로즈블레이드를 찾아가 보는 건 어떻겠습니까?』

"로즈블레이드?"

『3학년을 대표하는 백작 영애입니다. 로즈블레이드 가문은 오플리 가문과 적대 관계에 있습니다. 증거를 가지고 면회하면 힘을 빌려줄 가능성이 있습니다.』

"그들이 나를 도와줄 것 같지는 않은데……."

『정보를 수집하면서 살펴본 바로는, 궁정 귀족들은 로즈블레이드 가문을 경계하고 있었습니다. 증거를 모은 것도 그 가문이 아닌지 초조해하고 있었습니다. 그들한테는 꽤 성가신 존재인 듯합니다.』

나는 루크시온이 준비해 준 증거를 손에 쥐었다.

"이 방법도 실패하면 나랑 네가 강경 수단으로 나설 수밖에 없어."

자조하는 내게 루크시온은 말했다.

『제게는 오히려 그편이 최선입니다.』

로즈블레이드 선배…… 아니, 디어드리 선배한테 오플리 가문 건으로 이야기를 신청하자, 어째서인지 여자 기숙사까지 나를 데리고 갔다.

디어드리 선배의 방은 같은 학생 기숙사인가 의심스러울 정도로 호화로웠다.

방이 몇 개나 있고, 가구나 인테리어도 비싼 것들 뿐이었다.

고급 호텔의 스위트룸이라고 해도 부족하지 않을 호화로움이었다.

디어드리 선배는 전속 사용인이라 불리는 아인종 노예를 데리고 있지 않았다. 그녀의 시중을 드는 건 측근 역할을 맡은 여학생들이었다. 대부분 로즈블레이드 백작가의 종자인 기사 가문의 따님들이었다.

금발 세로 롤 헤어스타일인 디어드리 선배는 내가 건넨 증거를 확인하며 미소 지었다.

무언가를 꾸미고 있는 사악한 미소였다.

미인의 공격적인 미소라는 건 정말이지 무섭다는 걸 실감했다.

"전부 그대로 믿을 수는 없지만, 일부는 저도 짐작 가는 것이 있네요. 용케도 이만큼 증거를 모았군요."

"감사합니다."

"발트파르트 경이 이런 일에도 능숙할 줄이야. 조금 의외였어요."

'이런 일'이란 암투와 암약을 말하는 것이리라.

정보를 모으고 적대 세력에 상대의 약점을 흘리는 건 사실 내 특기가 아니지만, 나한테는 치트 과금 아이템인 루크시온이 있다.

"정신없이 애쓴 것뿐, 실은 그다지 익숙지 않습니다."

"이만한 일을 이루고서 서툴다니, 겸손이 지나치네요. 그래서, 저한테…… 아니, 로즈블레이드 가문에 무엇을 바라시죠?"

나를 똑바로 바라보는 디어드리 선배의 눈은 예리했다.

나는 어깨를 으쓱이며 말했다.

"지인이 오플리 가문의 후계자와 억지로 결혼하게 되었습니다. 본인의 의사를 무시한 정략결혼인 거죠."

"어머, 그거 불쌍하네요. 그 아이와 친했나요?"

불쌍하다고 말했지만 깊이 동정하는 기색은 없었다. 같은 여자로서 딱하게 느끼지만, 귀족으로서는 당연한 이야기이기에 놀라지는 않는 것이리라.

"그저 친구 관계입니다. 다만…… 방식이 마음에 들지 않으니 결혼식을 망칠까 생각하고 있습니다. 문제는 병력이 부족한데다가 사후 처리가 어렵다는 점이지요."

그걸 위해 로즈블레이드 가문의 힘을 빌려줬으면 한다.

그런 내 부탁을 듣고 측근 여자들은 다양한 반응을 보이고 있었다.

놀라서 말도 나오지 않는 여자가 있는가 하면, 이들을 휘말리게 한 나를 노려보는 여자도 있다.

어처구니가 없어서 뺨을 씰룩거리는 여자도 있었지만, 디어드리 선배는 달랐다.

"나 참……. 던전을 공략한 모험가라더니, 틀림없는 모양이네요. 상식이 통하지 않아요."

실례구만. 나는 상식인인데——라고 말하면 이야기가 복잡해지기에 잠자코 있자.

디어드리 선배는 날 향해 얼굴 한가득 미소를…… 아니, 미소가 아닌데?

뺨을 빨갛게 물들이고, 흥분하고 있었다.

"실로 좋아요! 정의를 행하는 이유가 '마음에 들지 않으니까'? 정말로 터무니없어요! 하지만, 그래야 비로소 던전 공략자라고 할 수 있죠. 로즈블레이드 가문의 여자로서 무척 바람직하다고 본답니다."

자기 주군이 긍정적인 반응을 나타내자 측근 여자들이 '아아,

결국……' 하는 표정을 짓고 있었다.

디어드리 선배가 접은 부채를 내게 향했다.

"본가에는 제가 말해 두겠어요. 그래서, 발트파르트 경은 이제 어떻게 할 생각이죠? 설마 뒤에서 보고만 있지는 않겠지요?"

생각보다 이야기가 수월하게 진전되는 바람에 나는 이상한 웃음이 솟구쳐 올라왔다.

"물론이지요. 결혼식 회장은 오플리 백작가의 부유섬입니다. 저는 그날 가장 먼저, 첫 손님으로 쳐들어갈 생각입니다."

내 대답이 디어드리 선배의 취향에 맞았던 모양이다.

"마음에 드는 대답이에요."

디어드리 선배가 측근 여자들한테 편지를 쓸 준비를 시키는 동안, 디어드리 선배는 내게 다른 이야기를 던졌다.

"그건 그렇고, 이렇게까지 생각해 주는 사람이 있다니, 그 아이가 부럽네요. 좀 더 빨리 발트파르트 경과 알게 되었더라면 로즈블레이드 가문이 진심으로 포섭했을 텐데요."

포섭이란 연을 맺는다는 의미다. 이 경우에는 나와 관계자를 결혼시키고 싶었다는 뜻이다.

거기서 나는 하나 떠올렸다.

결혼에 어려움을 겪고 있는 건 나뿐만이 아니다. 우리 형, 닉스도 마찬가지다.

사실은 나를 어필해서 얼른 결혼 활동 생활에서 해방되고 싶지만, 형에게 신세를 지고 있으니 은혜를 갚고 싶다.

게다가 이제부터 민폐를 끼치게 될 테니, 미리 사례를 하고 싶었다.

"그게 혼인 관련 이야기라면, 부디 꼭 저희 형을 잘 부탁드립니다."

"발트파르트 경의 오라버님은 확실히 보통 클래스에 재적하고 있었지요."

닉스에 관한 것도 조사한 건가?

그렇게나 나한테 주목하고 있었다면 다회 때 진즉 말을 걸어 줬으면 했다.

무심코 푸념이 나오기 전에 나는 이 이야기를 끝내기로 했다.

"지금은 3학년입니다. 결혼 상대가 없어서 몹시 초조해하고 있지요."

"그렇군요. ……오라버님의 평가를 여쭤봐도 될까요?"

"가족이라 호의적인 평가는 들어가겠지만, 성실한 남자입니다. 그러니 어울리는 상대가 있다면 잘 부탁드립니다."

가벼운 느낌으로 부탁해 보자, 디어드리 선배가 부채를 펼치고 입가를 가렸다.

그대로 중얼중얼 무언가 말하고 나서 답변을 주었다.

"좋아요. 무사히 모든 일이 해결되면 오라버님의 혼담은 로즈블레이드 가문에 맡기도록 하세요. 실망하지 않을 겁니다."

"그거 다행이군요. 그럼 저는 슬슬 준비하러 가야 하기에."

자리를 일어서는 내게 디어드리 선배가 미소를 지으며 못을 박았다.

"로즈블레이드 가문을 진심으로 만들었으니까, 그만한 활약을 기대하고 있겠어요."

묵시적으로 '네가 꺼낸 이야기다'라는 말을 들은 느낌이 든다.

도망치거나, 또는 방관하는 듯한 짓은 용서하지 않겠다는 의미일 것이다.

나는 등을 향하고 있었기에 상반신만 돌려 뒤돌아봤다.

"예, 기대하셔도 좋습니다."

나 혼자서는 믿음직스럽지 못할 테고, 기대에 부응하는 활약은 하기 어렵다.

하지만 루크시온이 있으면 이야기는 달라진다.

오히려 루크시온이 도가 지나치지 않을까 걱정해야 할 수도 있다.

제07화 「친구」

왕도 근처의 부유섬은 비행선의 항구로 이용되고 있다.

수많은 비행선이 드나들기를 반복하는 항구에는 오플리 가문으로 향하는 마리에의 모습이 있었다.

항구에 정박 중인 오플리 가문의 비행선은 벼락부자 취미라고나 해야 할까? 금색으로 장식되어 눈이 따끔따끔했다.

빈말로라도 취향이 좋다고는 말할 수 없는 비행선이다.

주위 시선을 모으고 있어서, 안 좋은 의미로 눈에 띄고 있는 느낌이 든다.

그런 가운데, 마리에를 배웅하기 위해 수많은 학생이 모여 있었다.

"마리에 쨩, 저, 저기, 저기 말이야, 이거, 재미있으니까 읽어 봐."

에리가 마리에한테 책 한 권을 내밀었다.

책을 정말 좋아하는 그녀다운 선물이다.

"고마워, 에리. 독서도 좋지만, 너는 금방 밤을 새워서 늦잠을 자니까 조심하라구."

"으, 응……."

책을 받아 든 마리에한테 머리가 부스스한 게으른 성격의 여자【신시아】가 머리를 긁적이며 불만스러운 듯한 표정을 짓고 있었다. 그녀는 다소 까칠한 태도로 마리에를 배웅했다.

"……잘 지내."

"신시아도. 내가 없다고 해서 나태한 생활을 보내고 있으면 또 기숙사 사람한테 혼나니까 주의해."

"생각해 둘게."

신시아는 쑥스러워하고 있다고 할지, 마리에가 정략결혼으로 학원을 떠나는 것을 쓸쓸하게 느끼고 있는 모양이다.

불만스러워 보이는 여자가 또 한 명.

교복에 그림물감이 묻은 【베티】였다. 그녀는 날카로운 시선으로 마리에를 바라보았다.

"마리에라면 혼자서도 살아갈 수 있는데 말이야. 결혼에서 도 망치지 않는 이유를 이해할 수 없어."

예술가답다고 해야만 할까? 주위 평가를 신경 쓰지 않는 베티 는 마리에가 정략결혼을 받아들인 것이 이해되지 않는 모양이다.

마리에는 난감한 듯이 웃었다.

"베티가 생각하는 것보다 나는 연약한 여자애라구. 그것보다 작품에 너무 몰두해서 쓰러지지 마. 네가 제일 걱정이야."

세 사람과의 작별 인사를 하는 마리에를 보고 배웅하러 온 가 난한 그룹 남자들이 눈물을 흘리고 있었다.

"설마 여신님과 이런 식으로 헤어지다니."

"이제부터 우리는 누구를 의지하면 되는 거냐고!"

"이런 건 너무해!"

울고 있는 남자들은 매우 꼴사나웠다.

그런 그들을 밀어 헤치며 마리에 앞으로 나온 건 이전에 마리에를 괴롭혔던 3인조 여자애들이었다.

리더 격인 애는…… 분명 【브리타】였던가?

"마리에!"

"너희들……! 어째서 여기에?"

마리에가 미간을 찡그린 뒤, 뒤돌아서 오플리 가문 비행선을 봤다.

트랩을 건너간 끝에서 스테파니의 측근들이 마리에를 지켜보고 있었다.

브리타를 비롯한 3인조 여자애들이 배웅하러 왔다는 걸 알자, 노골적으로 불쾌해 보이는 표정을 지었다.

얼마 전까지 그녀들 세 사람은 스테파니한테 협박당해 마리에를 괴롭히고 있었다. 또한, 오플리 가문이 공적들과 이어져 있다는 걸 알고 있다.

이들이 스테파니 일당 앞에 나서는 건 너무 경솔한 행동이었다.

브리타가 마리에를 앞에 두고 시선을 이리저리 움직였다.

"미안…… 정말로 미안해."

무엇을 사과하고 있는 것인가? 주위는 이해하지 못하겠지만, 나와 마리에한테는 전해졌다.

그녀들은 오플리 가문의 악행을 알면서 보복을 두려워하여 아무 말도 하지 못하고 있었다.

이들이 두려워하지 않고 왕국에 사실을 보고했다면 마리에가 강제로 결혼하는 일도 없었다고 생각하는 것이리라.

죄책감으로 인해 그녀들은 이 자리에 와서 마리에한테 사과하고 있는 듯하다.

그녀들의 마음을 헤아린 마리에가 미소 지었다.

"신경 쓰지 않아도 돼. 딱히 원망하고 있지 않아."

그녀들과 작별 인사를 하는 마리에였으나, 오플리 가문의 비행선에서 큰 목소리가 들려왔다. 스테파니였다.

"언제까지 놀고 있을 거야! 얼른 타도록 해!"

그 말만 하고는 자기 측근인 카라와 함께 선내로 사라졌다.

마리에가 적은 짐이 든 여행 가방을 손에 들었다.

주위가 눈물을 흘리는 가운데, 나만은 평소처럼 마리에한테 말을 걸었다.

"여전히 까칠하구만. 피는 이어지지 않았다고 해도 언니 동생 사이가 되는 건데. 쟤랑 사이좋게 지낼 수 있을 것 같냐?"

농담을 섞으며 말하자, 마리에는 기가 막힌다는 표정을 지으며 대답했다.

"너는 정말로 분위기 파악을 못 하네."

"딱히 이번 생의 이별도 아니니까 말이지."

"……뭐, 그것도 그러네. 몇 년이 걸릴지 모르지만, 또 만나자."

그렇게 말하고, 마리에는 내게 등을 향했다.

나는 미소를 띠며 마리에의 등에 대고 말했다.

"아아, 그래. 또 보자고."

◇

선내로 들어간 스테파니는 복도를 성큼성큼 걷고 있었다.

짜증을 내고 있는지, 험악한 표정이었다.

카라는 스테파니를 진정시키고자 말을 걸었다.

"왜 그러시나요, 아가씨? 조금 전까지는 기분이 좋으셨죠?"

조금 전까지 스테파니는 마리에의 모습을 보며 '꼴 좋다'라며 웃고 있었다.

하지만 마리에가 친구들에게 둘러싸인 모습을 보고 차츰 기분이 나빠졌다.

스테파니가 엄지손톱을 깨물었다.

"가난뱅이 자작가의 딸인데, 어째서……! 나하고 뭐가……!"

아무래도 혼자만의 세계에 파고들어 대답해 주지 않는 모양이다.

카라는 한숨을 내쉬고 싶은 기분을 참았다.

'갑자기 기분 나빠지는 거, 제발 좀 그만해. 대체 뭐가 원인인데? 브리타 일행이 와서? 걔들이 아무리 증언해 봤자 무마할 수 있으니까 괜찮다고 말한 건 너잖아.'

스테파니가 기분이 나빠진 원인을 알 수가 없다.

모르는 게 제일 곤란하다.

카라는 스테파니 곁에 있는 일이 많다. 그 때문에 스테파니가 무엇에 불만을 느꼈는지 알아 둘 필요가 있다.

자칫 잘못하여 자신이 분노를 사지 않도록 하기 위해서다.

생각에 잠겨 있자, 스테파니가 멈춰 서서 카라를 뒤돌아봤다.

기분 나빴던 태도가 일변하여, 다시 웃고 있다.

"그건 그렇고, 걔 주위에 있던 녀석들 봤어? 이 녀석이고 저 녀석이고 전부 가난뱅이의 모임이었지."

"예? 아아, 네!"

갑작스러운 이야기에 곤혹스러워하면서도 카라는 고개를 끄덕여 대답했다.

"그런 녀석들밖에 친구가 없다니 안타까운 애야. 나라면 그런 녀석들이 모여들면 소름이 끼칠 거야."

"그, 그러네요."

웃으면서 대답한 카라였으나, 마음속으로는 스테파니한테 불만이 쌓이고 있었다.

'진짜로 정서 불안정이라니까. 애초에 너한테는 친구 같은 건 한 명도 없잖아.'

스테파니는 학원에 친구라 부를 수 있는 존재가 없다. 귀족 여자들은 오플리 가문을 거절하거나, 경원시하거나, 이용하려 할 뿐이다.

스테파니와 친구가 되고자 하는 여자는 측근을 통틀어서 한 명도 없었다.

카라는 곤혹스러워하면서도, 신경 쓰인 점을 스테파니한테 물었다.

"저기, 아가씨?"

"뭐야?"

"발트파르트를 무시해도 괜찮을까요? 전처럼 방해하지 않을 거라는 보장은 없습니다. 뭔가 손을 써야 하지 않을까요?"

리온의 연인을 억지로 빼앗았으니 상응하는 대비는 해야만 한다고 말하는 카라한테 스테파니는 배를 부여잡고 웃었다.

"바~보야! 내가 대비를 하지 않았다고 생각해? 오플리 가문 군대와 공적들이 영지를 지키고 있을 거야."

"그렇군요! 안심했어요."

가슴을 쓸어내린 카라한테 스테파니는 한층 추가했다.

"이참에 나를 방해한 발트파르트를 제거해야겠어. 차라리 공적들한테 그 녀석의 본가를 습격하라고 시킬까?"

스테파니는 웃으면서 어떻게 발트파르트를 공격할지 고민했다.

카라는 그 모습이 오싹했다.

'그렇게까지 해?!'

학원에 돌아오자 나는 같은 그룹 남자들한테 에워싸였다.

분노로 인해 험악한 표정을 지은 남자들을 앞에 두고, 나는 의자에 앉아 다리를 꼬고 앉았다.

"다른 곳도 많은데 하필 소품 창고로 불러내다니, 흉흉하구만."

남자들을 대표해서 나한테 질문하는 건 친구인 다니엘이었다.

다니엘이 내 멱살을 붙잡아 올렸다.

"리온, 널 잘못 봤다! 마리에 씨가 억지로 결혼하게 됐는데도, 실실 웃기나 하고!"

아무래도 그들은 내 태도가 마음에 들지 않는 모양이었다.

"그러면? 내가 울면 만족할 거냐? 애초에 양가가 합의한 결혼에 내가 불만을 제기해서 통할 거라고 생각해?"

"그렇다고 해서 항구에서 그 태도는 아니잖냐! 마리에 씨가 불쌍하지도 않냐?"

전원이 "그래!"라고 말하며 내게 악다구니를 퍼부었다.

그 타이밍에 나한테만 루크시온의 목소리가 들렸다.

『마스터, 행동을 개시해 주십시오. 지금부터 움직이면 최적의 타이밍에 습격할 수 있습니다.』

"……시간이군."

내가 중얼거린 말에 다니엘이 눈초리를 치켜올렸다.

이 상황에서 의미를 알 수 없는 말을 중얼거리는 나한테 화가 난 게 틀림없다.

"아앙? 시간이 뭐…… 억?!"

나는 다니엘의 팔을 붙잡아 바닥에 메친 뒤, 이 자리에 모인 전원에게 말했다.

"미안하지만 나는 볼일이 있어서 먼저 실례하지."

내가 떠나려 하자, 이번에는 레이먼드가 내 앞을 막아섰다.

"이럴 때 어딜 가는 거야!"

"이럴 때니까 가야 하는 거야. 슬슬 준비하지 않으면 마리에를 마중할 수가 없다고."

"뭐?"

이 녀석들이 곤혹스러워했기에 나는 이제부터 뭘 할 건지 알려 줬다.

지금부터는 정보가 새더라도 별 지장이 없다.

"지금부터 오플리 가문에 쳐들어간다. 뒤에서 공적과 내통한 죄가 있으니 이참에 벌을 내려야지. 너희가 바라는 결말일 테니, 방해하지 마라."

내가 떠나가려 하자, 바닥에 엎드려 있던 다니엘이 내 발목을 붙잡았다.

"뭐냐, 다니엘?"

"나도 가겠다!"

"네가? 왜?"

의미를 모르겠다며 고개를 갸우뚱하는 내게 레이먼드도 목소리를 높여 외쳤다.

"그, 그러면 나도 돕겠어! 본가에 이야기하면 갑옷을 세 기……아니, 네 기는 내어 줄 거야!"

두 사람의 제안에 미간을 찌푸리고 있자, 잠자코 있던 남자들이 잇따라 입을 열었다.

"우리 본가에 이야기하면 비행선을 빌려줄 거야! 수송용이라 대포는 조금밖에 없지만……."

"그렇다면 내가 무기와 탄약을 제공할게! 뭐, 조금 낡았지만 괜찮겠지."

"그러면 나는 본가와 교섭해서 일손을 준비할게! 은퇴한 할아버지 기사들이지만…… 어떻게든 되겠지."

믿음직하기는커녕 도리어 걱정되는 협력 제안에 나는 고개를 가로저었다.

"너희들, 결혼 활동을 위해서 그렇게까지 하는 거냐?"

일어선 다니엘이 내 앞을 막아섰다.

"물론 그런 이유가 없다고는 못하겠지. 하지만 놈들이 공적과 이어져 있다는 말을 들은 이상 가만히 있을 수는 없어. 공적은 우리들 영주 귀족의 적이다! 게다가 마리에 씨는 우리를 평범하게 대해 준 여자야. 더더욱 우리가 도와야 하지 않겠냐!"

다니엘의 말에서 학원의 어둠이 살짝 느껴졌다.

우리들 가난뱅이 그룹의 남자들은 여자한테서 같은 귀족으로 취급받지 못하는 경우도 자주 있다.

그런 와중에 마리에가 다정하게 대해 준 것이 기뻤던 것이리라.

타산이 가득하지만, 마리에를 돕고 싶다는 마음도 본심인 듯했다.

나는 머리를 긁적이며 전원에게서 시선을 돌렸다.

기쁘기도 하고 쑥스럽기도 해서 그들을 직시할 수 없었다.

"지각하면 두고 간다."

그 직후, 남자들이 '해주겠어!'라는 느낌의 우렁찬 외침을 질렀다.

◇

『그들을 전력에 더해도 결과는 변함없습니다. 오히려 전투에 참여함으로 인해 쓸데없는 손실을 낼 것으로 생각됩니다.』

반투명해진 루크시온이 복도를 걷는 내게 조금 전의 이야기가 쓸데없는 것이라고 말했다.

정말로 시끄러운 녀석이다.

"영주 귀족은 늘 공적한테 시달리고 있잖아. 그런데 적과 손을 잡은 귀족이 있다는 말을 들으면, 그야 화가 나겠지."

공적의 존재는 정말로 성가시다.

때로는 영지를 직접 공격하여 전투가 벌어지기도 한다. 또 영지에 오는 상선이 표적이 되어 짐이 오지 않는 일도 많다.

──그 밖에도 여러 가지로 단점이 많은 존재다.

영주 귀족은 기회만 있다면 놈들을 제거하려 들 것이다. 하물며 귀족인 오플리 가문이 배신했다면 분노가 하늘을 찌를 수밖에 없다.

『쓸데없는 전력의 투입이군요. 이해하기 어렵습니다.』

"인간이 매번 합리적으로 살 수 있었다면 애초에 이런 상황은 오지 않았겠지."

『마스터치고는 훌륭한 대답이군요. 하지만── 저는 신인류를 인간이라고는 인정하고 있지 않습니다. 구인류와 같이 한데 뭉뚱그려 이야기하셔도 곤란합니다. 신인류는 합리적이지 않다고 정정하여 다시 말해 주시면 찬동하겠습니다.』

"싫어."

『고집을 부리시는군요.』

"너도 말이다."

이러쿵저러쿵하고 있었더니, 내 목적이었던 3인조를 발견했다.

──브리타를 비롯한 세 사람이다.

"너희, 잠깐 괜찮냐?"

미소 띤 얼굴로 말을 걸자, 그녀들이 혐오감을 그대로 드러난 얼굴로 나를 쳐다봤다.

다니엘이나 여타 남자들과 마찬가지로 항구에서의 내 태도가 마음에 들지 않았던 것이리라.

"뭔데?"

"해줬으면 하는 일이 있거든."

제08화 「스테파니와 카라」

오플리 가문이 다스리는 부유섬으로 오게 된 마리에는 성의 한 방에 연금되어 있었다.

방 앞에는 항상 메이드들이 대기하고 있다.

마리에가 도망치지 않도록 감시하고 있는 것이리라.

"생각했던 것보다도 나쁘지 않은 환경이네! 여자 기숙사의 내 방보다 호화롭고, 식사도 나오니까 최고야."

마리에한테 준비된 방은 상상했던 것보다도 쾌적했다.

오플리 가문의 재력을 과시하기 위해서인지 인테리어에도 꽤 공을 들였다.

가구도 마리에 입장에서 보면 고급품뿐이다.

도망칠 수 없도록 창문에 쇠창살이 달린 것 외에는 마리에한테는 이상이라고 해도 좋을 방이었다.

방 안에 있는 둥근 테이블에는 메이드들이 가지고 온 점심이 놓여 있다.

마리에는 이런 상황에서도 매끼 남기지 않고 먹고 있었다.

다 먹고 입가를 닦은 마리에는 미소를 씨익 띠었다.

"가둬 두고 소박한 생활을 보내게 한다더니, 내게는 소박한 게 아니라 호화로운 생활이네. 매일 식사가 나오고, 사용인이 가사를 해주고…… . 혹시 여기가 나의 이상향?"

스테파니는 마리에를 냉대할 생각이었지만, 오플리 가문이 준비한 최소한의 환경조차 마리에에게는 꿈같은 생활로 느껴졌다.

"이야~, 오플리 가문의 재력은 놀랍네."

상상했던 것보다도 나쁘지 않은 환경을 즐기고 있는 마리에였으나, 점심을 다 먹은 후에 묘한 쓸쓸함이 덮쳐 왔다.

식사량이 적어서 그런가? 하는 생각이 한순간 머리를 스쳤으나, 그 이유는 명백했다.

혼자서 식사하는 게 오랜만이라는 걸 깨달았기 때문이다.

학원에 입학하고 나서부터는 리온과 만나 이래저래 떠들썩한 일상을 보내고 있었다.

점심도 같이 먹을 때가 많았다.

"……역시 혼자가 되면 쓸쓸하네."

자기가 바랐던 생활이 손에 들어왔는데도 쓸쓸함만큼은 어쩔 도리가 없다.

마리에는 고개를 숙이고 자조했다.

"이럴 바에야…… 여러 일이 있었지만, 학원 쪽이 나았어."

1년만 참으면 그 여성향 게임의 시나리오에서는 오플리 가문은 말소된다.

마리에는 리온한테 불안 요소를 딱 하나 이야기하지 않았다.

그건 후계자와 결혼한 마리에한테 어려움이 닥치지 않을지 하는 점이다.

사정은 어떻건, 마리에는 오플리 가문의 후계자인 리키의 아내가 된다.

장래 올리비아와 귀공자들이 오플리 가문을 타도했을 경우, 책임을 추궁당하는 쪽이 되어 있으리라.

그런 자신이 잘 도망칠 수 있을지 어떨지, 마리에도 예상이 되지 않는다.

깨끗하게 죽어서 속죄하는 것 따위 사절이고, 당연히 도망칠 준비는 할 생각이지만.

마리에는 기지개를 쭉 켰다.

"내가 메인 캐릭터였다면 살아날 것 같지만, 나도 리온과 같은 모브일 테니까 무리겠지. 이 세계는 정말로 끝까지 나한테 가혹해."

이전 생도 행복했다고는 말하기 힘든 끝을 맞이했다.

전생 후에는 '자작가의 딸'과는 거리가 먼 생활을 보내고, 학원에 입학했더니 공략 대상인 귀공자들은 자신한테 눈길 한번 주지 않았다.

이제야 겨우 자기 나름의 행복을 찾아내려 했더니 이 꼴이다.

"솔직하게 도와줬으면 좋겠다고 부탁했으면…… 아니, 안 되겠네. 쓸데없는 짓을 했다간 정말로 이 나라가 멸망해 버릴 것 같고."

그 여성향 게임을 플레이했을 때 몇 번이나 게임 오버를 맞이했던 것을 떠올렸다.

이걸로 괜찮았던 거야, 하고 마리에는 자신에게 되뇌었다.

"어머? 식후의 커피가 늦네."

기분을 새로이 다잡은 마리에는 식후에 부탁했던 커피가 오지 않는 것이 신경 쓰였다.

기분과 태도 전환이 빠른 것도 마리에의 강한 면이다.

그러자 노크도 하지 않고 문을 활짝 열어젖히며 들어오는 여자가 있었다.

조금 짜증이 난 스테파니였다. 그 뒤에는 카라의 모습이 보인다.

"매끼, 매끼, 다 먹어 치우는 데다가 추가로 더 요구까지 하고 말이야. 너, 이런 데 갇혀있는데 침울하지도 않아?"

마리에의 테이블 위에는 접시 여러 장이 포개어져 있었다.

마리에는 스테파니를 앞에 두고 어깨를 으쓱였다.

"식사는 남기지 말라는 말을 듣고 자랐거든."

"남기기는커녕 더 먹고 있잖아!"

"모처럼 만든 요리가 남으면 아깝잖아? 남기지 않고 먹는 게 요리를 만든 사람에 대한 예의지."

"거짓말 냄새 풀풀 나는 걱정 따위 하지 말라고!"

준비된 식사는 귀족용이 아니라 사용인들이 먹는 음식이었다.

그래도 마리에한테는 충분히 훌륭한 요리여서 냉대받고 있다고는 느끼지 않았다.

능글맞은 마리에를 보고 스테파니는 분해 보이는 표정을 짓고 있었다.

더 겁에 질려, 식사도 넘어가지 않는 마리에의 모습을 보고 싶었던 것이리라.

"정말로 짜증 나는 여자네. ……뭐, 됐어. 그 리키랑 결혼하는 것만으로도 벌칙 게임 같은 거고 말이야."

결혼을 벌칙 게임이라 인식하고 있는 스테파니를 보고 마리에는 질색했다.

'아니 뭐, 확실히 결혼은 운의 요소가 강하지만 말이지. 자기 오빠한테 벌칙 게임은 말이 지나친 거 아닌가? 아니, 리키가 상대라면 지나치지 않네. 역시 이전 생의 벌을 받는 건가?'

이전 생의 인과가 지금이 되어 돌아온 것일까? 마리에가 그런 생각을 하고 있자, 스테파니가 말했다.

"네가 내 약혼자한테 손을 댄 게 나쁜 거야. 브래드 님은 너 같은 여자를 상대하지 않아. 그래도 손을 댄 벌은 필요하겠지?"

키히힛, 하고 웃는 스테파니를 보고 마리에는 생각했다.

'그쪽이었냐아아아!! 그야 좋지 않은 짓이었지만, 이렇게까지 원망할 줄이야.'

이전 생 운운보다도 이번 생에서 약혼자가 있는 남자한테 접근한 게 좋지 못했다는 말을 듣고, 마리에는 마음속으로 납득했다.

마리에는 스테파니를 앞에 두고 미묘한 표정을 지으며 사과했다.

미묘한 표정을 짓고 만 것은 이후의 일을 알고 있기에 불쌍하게 느껴졌기 때문이다.

"저기, 뭐랄까…… 미안해?"

"인제 와서 그런 사과로 용서할 거라고 생각해? 아니 그보다,

어째서 묘한 표정을 짓고 있는 거야? 기분 나쁘거든."

불쌍한 것을 보는 듯한 마리에의 눈에, 스테파니는 곤혹스러워했다.

카라가 스테파니한테 말을 걸었다.

"아가씨, 슬슬 시간이에요."

"말하지 않아도 알고 있어!"

"시, 실례했습니다."

카라가 한 걸음 물러나 고개를 숙이는 모습을 보고 마리에는 두 사람의 관계를 눈치챘다.

'측근이라고 해도 역시 사람이네.'

한순간이지만 카라가 내보였던 건 스테파니를 향한 증오가 담긴 눈동자였다.

게다가 스테파니는 그걸 알아차린 낌새가 없다.

오히려 스테파니가 카라한테 향하는 시선이나 태도는 다른 것이었다.

말이나 태도는 난폭하고 차갑지만, 미세하게 보여주는 몸짓을 마리에는 꿰뚫어 봤다.

'얘 혹시……?'

이전 생에서 밤일을 했던 경험 덕분이다.

스테파니가 방을 나가기 전에 마리에한테 말했다.

"지금은 그렇게 강한 척하고 있도록 해. 곧바로 네 연인이 호된 꼴을 당할 테니까, 그때는 알려줄게."

리온이 언급된 화제에 마리에는 놀라서 눈을 크게 떴다.

그 모습이 재미있었는지 스테파니는 웃으면서 방을 나갔다.

문이 닫히자 마리에는 한숨을 내쉬었다.

"그 녀석한테 손을 대면 내가 참은 의미가 없어지잖아. 어쩌려고 이래……."

게임 시나리오가 자진해서 붕괴를 향해 가고 있는 듯한 느낌이 들어마지않는다.

그리고 마리에는 중얼거렸다.

"……불쌍한 애."

◇

결혼식 당일 아침.

윙 샤크 공적단의 공적선들이 오플리 가문 공역에서 함대 행동을 하고 있었다.

그 수는 전(全) 전력인 여덟 척이다.

가장 큰 200m급 공적선에는 윙 샤크 공적단을 이끄는 두목이라 불리는 남자가 있었다.

왼쪽 눈에 안대를 찬 거한이며 단련된 육체를 지니고 있다.

피부는 갈색으로, 그야말로 공적이라는 느낌을 주는 풍모의 남자였다.

자기를 위해 준비된 선실에는 지금까지 빼앗아 온 고가의 장식품이 놓여 있다.

방 한구석에는 보물 상자가 열린 상태로 놓여 있는데, 거기에는 금은재보 등이 아무렇게나 던져져 있다.

공적선에는 어울리지 않는 묘령의 미녀가 술병을 들고 두목에게 가까이 다가갔다.

두목 근처에 놓인 유리잔에 호박색 술을 따랐다.

"오플리 가문도 미덥지 못하구만. 만에 하나를 대비해서 우리한테 호위를 부탁하다니 말이야."

두목이 유리잔을 손에 들고 미소를 띠며 대답했다.

"프라이드보다도 돈 계산이 중요한 녀석들이니까 말이다. 선금은 잔뜩 받았다. 결혼식 동안은 최선을 다해 얌전히 호위해 주지."

미녀가 가슴 밑에서 팔짱을 꼈다.

"하지만 정말로 결혼식에 난입해 오는 녀석이 있는 거야?"

두목은 술을 단숨에 다 마시고 미녀한테 대답했다.

"글쎄다. 하지만 왕도에 잠복시켰던 간부 더들리를 쓰러뜨린 녀석이 있다. 오플리 가문의 아가씨가 그 녀석의 연인을 억지로 빼앗았다고 하는군."

마리에와 리키의 결혼은 리온에 대한 보복이기도 했다.

미녀가 미간을 찡그렸다.

"더들리를 해치웠다면 상당한 실력자인 거 아니야?"

"그렇다고 해도 내가 질 리가 없잖냐? 여하간 나한테는 그게 있으니까 말이다."

"확실히, 두목한테 이길 수 있는 녀석은 없겠지."

걱정하는 미녀의 허리에 두목이 팔을 감으려 하자, 전성관(傳聲管)을 통해 부하의 어수선한 목소리가 들려왔다.

「큰일이야, 두목!」

두목은 혀를 차고는 미녀한테서 떨어져 선실을 나와 함교로 향했다.

◇

"어디의 바보가 우리를 공격하려는 거냐?"

두목이 함교에 도착하자 공적단의 진로 방향을 막는 형태로 비행 전함이 늘어서 있었다.

한 척은 훌륭한 비행 전함이지만, 나머지는 제법 오래된 구식으로 보였다.

그 수는 다섯 척.

함체에 가문(家紋)이 그려져 있기에 금방 귀족임을 알아차렸다.

하지만 호르파트 왕국에서도 유명한 공적단인 자신들을 상대하기에는 전력이 부족하다.

"저 정도 수로 우리랑 붙어 보겠다는 거냐? 혈기에 치우친 젊은 귀족님들이 공훈을 세우고 싶은 마음에 싸움을 걸어 온 건가?"

두목이 어처구니없어하고 있자, 지친 느낌의 부두목이 가까이 다가왔다.

"그건 아닐 거야, 두목. 제일 훌륭한 비행 전함의 가문 말인데, 오플리 가문이 사전에 알려준 발트파르트 가의 가문이라고."

두목이 200m는 되는 커다란 비행 전함을 노려봤고, 펄럭이는 깃발과 함체의 가문을 봤다.

확실히 발트파르트 가의 가문이었다.

"더들리를 해치운 녀석이 타고 있는 거냐?"

간부가 붙잡힌 원한을 떠올리고, 두목의 어조는 험악해졌다.

두목과 오랫동안 알고 지내 온 부두목은 침착한 기색으로 머리를 긁적이고 있었다.

"확인은 하지 않았지만, 연인을 빼앗겼으니까 되찾으러 온 거겠지? 타고 있을 거라고는 생각하지만…… 조금 더 제대로 된 전력을 준비할 수는 없겠냐고."

부두목은 "이래서는 쓰러뜨려도 재미 볼 게 적어"라며 투덜거렸다.

눈앞의 함대는 자신들한테는 사냥감이라는 인식이다.

그건 두목도 다를 바 없다.

"기껏해야 발트파르트 가의 비행 전함 정도인가? 저거라면 비싸게 팔 수 있을 것 같군."

혀로 입술을 핥는 두목을 보고 부두목은 어깨를 으쓱였다.

"두목이 직접 갑옷을 타고 갈 생각인가?"

"당연하다. 더들리 녀석이 진 건 아무래도 좋다만, 윙 샤크 공적단의 깃발에 먹칠하는 행위는 용서 못 한다. 내 손으로 발트파르트의 꼬맹이를 비틀어 주지."

두목의 말에 부두목은 어처구니없어하면서도 주위에 지시를 내렸다.

"두목이 나가신다. 너희도 기합 넣으라고."

◇

발트파르트 가의 비행 전함 갑판에는 갑옷 여덟 기가 늘어서 있었다.

그중 한 기──대장기 장식을 머리에 단 갑옷에 올라탄 건 이번 싸움이 첫 출전인 닉스였다.

"공적 주제에 갑옷이 왜 이렇게 많아?!"

쓸쓸한 얼굴인 이유는 공적들을 향한 분노와 싸움에 대한 불안 때문이었다.

주위에 있는 건 닉스가 어릴 적부터 알고 있는 기사들이다.

그렇기는 해도 시골의 기사들이다.

누구나가 상상하는 기사상(像)과는 동떨어져 있었고, 비교적 대하기 편한 사람들이었다.

"닉스 도련님, 너무 앞으로 나서지는 말아 주십시오."

"리온 도련님 같은 무모한 짓만은 하지 말아 주세요."

"나머지는 저희가 서포트하겠습니다."

수염이 난 중년 남성들이 이제부터 전투에 나가려 하고 있는데도 웃고 있었다.

닉스는 어처구니가 없었다.

"언제까지 도련님을 붙여서 부를 거냐고! 자, 다들 하늘로 올라가!"

'이 녀석들 정말로 괜찮은 건가?!'

고향에서 친하게 지내는 사람들뿐.

그들의 칠칠치 못한 평소의 모습을 알고 있는 닉스는 그들이 전장에서 활약하는 광경이 전혀 머릿속에 떠오르지 않았다.

갑옷의 흉부 해치가 닫히자 익숙한 얼굴이 보이지 않게 됐다.

닉스는 좁은 콕핏 안에서 딱 한 번 심호흡했다.

불안함을 느끼면서 하늘로 올라가자 아군 비행 전함에서도 갑옷이 올라왔다.

단지, 어느 것이고 전부 구식뿐이다.

수리한 흔적이 눈에 띄는 너덜너덜한 갑옷들을 보고 있으려니, 닉스는 동료의 재정 상황이 짐작이 가서 미안한 기분이 들었다.

그와는 반대로 자기가 탄 건 리온이—— 루크시온이 준비한 새 갑옷이었다.

어디서 입수한 것인지 모르지만 제법 성능이 좋다.

하지만 아무리 성능이 좋아도 여덟 기밖에 없는 것이 불안했다.

"리온 녀석, 친구들까지 끌어들이고 정말로 괜찮은 건가? 이런 거물 공적단을 상대로 우리가 할 수 있는 거냐고."

◇

갑옷에 올라탄 두목은 출격한 발트파르트 가문 갑옷을 보고 승리를 확신했다.

"수는 여덟. 수준은 좋아 보인다만, 다른 녀석들은 완전히 짐이군. 그렇다면 먼저 너희부터 떨어뜨려 주마!"

두목이 탄 갑옷은 주위와 비교하면 배는 컸다.

크기가 커지면 그만큼 움직임이 둔해진다는 것이 이 세계의 상식이다.

하지만 두목이 탄 갑옷은 대형이면서도 경쾌하게 움직이고 있다.

두꺼운 철판 같은 대검을 한쪽 팔로 휘두르는 파워를 지녔고, 왼손에는 라이플을 소지하고 있다.

추가 장갑까지 달아, 두목의 취미인 험악한 느낌의 장식까지 되어 있었다.

공적이 탄 갑옷이라는 것을 한눈에 알 수 있는 외관이다.

부하들이 잇따라 적 갑옷을 향해 덤벼드는 와중에, 두목은 머리 부분에 장식이 달린 갑옷에 주목했다.

「네 녀석이 대장기냐. 노린다면 머리부터겠지!」

라이플 방아쇠를 당기며 장식이 달린 갑옷을 향해 돌격했다.

충분히 접근했을 때, 오른손에 든 대검을 크게 휘둘러 올렸다.

「내 앞에 나온 게 너의 불행이다.」

미소를 띠며, 내리친 대검으로 눈앞의 갑옷이 찌부러지는 모습을 상상했다.

하지만 바로 위에서 목소리가 났다.

「노린다면 대장기, 머리부터라는 건가? 나도 찬성이야.」

「뭐냐?!」

콕핏 안에서 고개를 들자 갑옷의 머리도 연동하여 위를 향했다.

거기에 보인 건 두목이 탄 갑옷보다도 한층 커다란── 검은색과 회색으로 컬러링 된 갑옷이었다.

현재 주류가 된 슬림한 갑옷과는 다르게, 굵고 중후한 느낌이 있는 모습이다.

컨테이너가 세 개 연결된 것 같은 백팩이 있기에 괜히 더 크게 보였다.

무엇보다 놀라운 건, 둔중하게 보이는 갑옷이 터무니없는 속도로 육박해 온다는 것이었다.

「큭!!」

황급히 후퇴하자 커다란 갑옷이 눈앞을 지나쳐갔다.

그대로 아래쪽을 보니 낙하한 검은 갑옷이 급격히 진행 방향을 바꿔 두목의 후방으로 돌아 들여오려 하고 있었다.

"설마 흑기사?! 아니, 그건 아니다. 그 할아범이 이런 전장에 나올 리가 없어."

한순간 떠오른 건 절대로 만나고 싶지 않은 존재였다.

공적들뿐만이 아니라 기사들조차 떨게 만드는 존재, 흑기사다.

하지만 조금 냉정함을 되찾자 검은 갑옷의 정체에 다다랐다.

아로간츠. 공적단 간부인 더들리를 쓰러뜨린 갑옷이다.

타고 있는 건 리온 포우 발트파르트다.

「애송이 주제에 흑기사 흉내나 내다니!! 그런다고 나한테 이길 수 있을 것 같나!!」

흥분으로 목소리가 커지자, 침이 마구 튀었다.

두목이 탄 갑옷에 변화가 일어났다.

콕핏 안에 가지고 들어간 상자가 빛나기 시작하더니 두목의 갑옷이 우우웅, 하는 소리를 냈다.

마력 동력로가 에너지를 과잉 공급하여 출력을 높였다.

속도를 올린 두목의 갑옷이 아로간츠를 쫓아갔다.

「네 녀석은 내 손으로 없애 주마!」

두목의 갑옷은 도망치는 아로간츠를 향해 라이플 총구를 겨눴다.

총구로 모이고 있는 것은 콕핏 안의 상자에서 넘쳐난 마력이다.

마력이 모여 마법진이 전개되었다.

거기서 끝부분이 날카롭게 뾰족해진 돌이 발사되었다.

흙 속성 마법으로 만들어진 돌이 라이플에서 발사되는 탄환의 속도로 몇백, 몇천 개나 발사되었다.

두목이 공적으로서 그 자리까지 치고 올라올 수 있었던 건 이 힘이 있기 때문이다.

「이걸로 너도 벌집이 되는 거다아아아!!」

잇따라 발사되는 돌 탄환은 수도 많아서 완벽히 피할 수 없기

에 아로간츠한테 직격했다.

한 발, 두 발—— 몇십 발이나 명중했다.

하지만 아로간츠는 아무런 대미지를 입지 않은 채였다.

두목은 콕핏 안에서 흥분이 식고, 서서히 공포심이 커지기 시작했다.

「왜 안 떨어지는 거냐 말이다! 어째서?!」

아로간츠가 육박해 왔다.

「미안하군. 이 녀석은 내 파트너가 준비한 특별제거든.」

아로간츠가 접근해서 팔을 뻗었기에, 두목은 대검을 내리쳤다.

「뭐가 특별하다는 거냐! 나 역시 특별하단 말이다아아아아!!」

거의 착란 상태였지만, 그래도 내리친 일격에는 혼신의 힘이 담겨 있었다.

조종하고 있던 두목조차 지금까지 맛보지 못한 감각을 느끼고 있었다.

하지만 대검은 아로간츠의 어깨에 부딪히자, 약간의 흠집만을 내고는 산산이 조각나 부서지고 말았다.

그 광경을 본 두목은 목소리도 나오지 않았다.

부서진 대검 파편이 흩날리는 광경이 어째서인지 느리게 보이고 있었다.

「너의 특별한 것은 돌려받겠어. 그건—— 올리비아 양 거다.」

아로간츠가 두목의 갑옷을 붙잡자, 왼손이 빛났다.

두목의 기억은 거기서 끊겼다.

제09화 「오플리 백작령」

아로간츠가 발트파르트 가문의 비행 전함의 갑판에 내려섰다.

갑판 위에는 이미 공적들이 붙잡혀 구속되어 있었다.

"형, 무사해?!"

해치를 열면서 큰 목소리로 외치자, 닉스가 불만스러운 표정으로 내게 다가왔다.

"날 미끼로 삼아 놓고 잘도 말하는군."

닉스의 무사한 모습에 나는 안도의 한숨을 내쉬고는 얄미운 농담을 던졌다.

"어쨌든 도와줬잖아?"

닉스는 뺨을 씰룩거렸다.

"얼토당토않은 말이나 하고는. 그것보다 정말 가는 거냐? 우리는 한동안 못 움직인다."

주위를 보니 아군이 공적선을 노획하고 있었다.

발트파르트 가문의 기사들은 평소 미덥지 못하고 칠칠치 못한 녀석들뿐이라고 생각하고 있었다. 하지만 전장에서는 제법 의지할만했다.

모든 기사가 공적을 빠짐없이 붙잡았다. 아버지가 말하길 역전의 강자들이라고 했는데, 진짜였던 모양이다.

그런 이유로, 지금은 공적들을 포박하느라 바빠서 한동안 움직일 수 없을 것 같다.

이것만으로도 형과 그들은 충분히 활약했다. 내게는 뜻밖의 수확이었기에 고마운 이야기였다.

"손은 써 뒀으니까 괜찮아. 로즈블레이드 가문이 힘을 빌려줄 거거든."

닉스는 로즈블레이드 가문이라는 말에 안도와 걱정이 섞인 미묘한 표정을 지었다.

"네가 의지한 게 설마 '그' 로즈블레이드 가문일 줄은 몰랐는데."

무언가 생각하는 바가 있는 듯하다.

개성적이던 디어드리 선배가 닉스와 같은 학년이기는 한데……
로즈블레이드 가문에 대해 뭔가 알고 있나?

"어째 함축적인 말투구만."

"나쁜 사람들은 아니라고는 생각한다만, 여러 소문이 있으니까 말이지. 어이쿠, 그것보다도 서두르는 편이 좋은 거 아니냐?"

나는 어깨를 으쓱이고는 콕핏 해치를 닫았다.

그러자 닉스가 손을 흔들었다.

「마리에 쨩을 구하고 오라고!」

아로간츠가 천천히 갑판에서 부상하여 그대로 오플리 가문 부유섬을 향해 속도를 높였다.

콕핏 안에서는 루크시온이 나를 서포트하는 중이다.

『예정보다도 시간을 낭비해 버렸군요. 그러니까 공적들은 제

본체로 섬멸하겠다고 제안한 겁니다.』

"아로간츠만으로도 과잉 전력이잖아. 게다가 너를 내보내서 섬멸하면 뒷맛이 찝찝해진다고."

『이해할 수 없습니다. 교전 중에 적을 살상하는 것이 죄가 되는 법률은 왕국에 존재하지 않습니다. 그 두목──공적의 리더도 죽이지 않고 사로잡으려 하니까 성가시게 된 겁니다. 키 아이템만 손에 넣을 수 있다면 그의 생사에 가치는 없습니다.』

"법률이 아니라, 내 마음의 문제야."

루크시온이 있으면 공적들 따위 글자 그대로 금방 소멸시킬 수 있으리라.

하지만 그건 너무나도 지나치다.

압도적인 힘으로 많은 사람을 죽이는 건…… 나로서는 기분이 안 좋다.

게다가 가급적이라면 지금만큼은 살인이라는 선택지를 고르고 싶지 않다.

한번 살인하면 다음부터는 살인에 대한 저항감이 희박해진다.

그것만큼은 싫다.

장래로 봐서는 피할 수 없는 일이라고 해도, 지금은 고르고 싶지 않았다.

"루크시온, 너는 대량 학살에 느끼는 바는 없는 거냐?"

『──신인류는 인간이 아닙니다.』

그건 즉, 대량 학살을 해도 문제없다는 의미일 것이다.

나는 파트너도 대량 학살 따위 하지 않길 바라는데 말이지.

◇

오플리 백작령인 부유섬에서는 후계자인 리키의 결혼식에 맞춰 영민들에게 경축일이 주어져 있었다.

성 아랫마을에서는 축제가 열리고, 광장에는 노점과 길거리 광대들이 모여 성황을 이루었다.

하지만 축제에는 마냥 즐거운 풍경만 있는 건 아니었다. 오플리가의 병사들이 무장한 채 경비를 서고 있기 때문이다. 삼엄한 낌새에 곤혹스러워하는 영민들도 많았다.

그 때문에 축제의 열기 분위기는 미묘했다.

"정말로 결혼식 축하가 맞나?"

"병사들이 계속 탐문하고 다닌다던데."

"그야 그렇겠지! 소문으로 들었는데, 신부 측이 사실은 학원에 연인을 두고 왔대."

"뭐야, 그럼 약탈혼이야? 학원에서 사귄 연인이면 그쪽도 귀족일 거 아냐?"

"그러니까 이렇게 경비가 삼엄한 거겠지. 연인을 되찾으러 오는 걸 경계하는 거야."

제각기 소문을 입에 담는 영민들을 보고 병사 중 한 명이 언성을 높이며 주의를 줬다.

"거기, 이상한 소문을 퍼뜨리지 말고 얌전히 축제를 즐겨라!"

영민들은 고압적인 태도인 병사들한테 겁을 먹고 살금살금 도망쳤다.

오플리 가문의 본질은 귀족이 아닌 상인이다.

그 때문에 다른 영지보다도 영민들을 엄격하게 관리하고 있다.

세금도 다른 영지보다 무겁고, 한층 엄격하게 징수하고 있었다.

영민들한테 인기가 있을 리 없다.

그때, 성 아랫마을 광장에서 묵직한 폭발음이 들려왔다.

화약이 폭발하는 소리에 영민들은 고개를 들고 주위를 두리번두리번 둘러봤다.

"방금 그게 무슨 소리지?"

"혹시 대포 소리 아니야? 지금도 뭔가 작게 들리는데?"

"발포음이다! 총의 발포음!"

총성임을 알자마자 영민들은 사방으로 흩어지며 광장에서 도망쳤다.

병사들이 상공을 올려다보니 기사들이 탄 갑옷이 날고 있었다.

어딘가를 향하여 날고 있는 모습에, 병사들도 적이 온 것임을 알아차렸다.

감시대에 올라간 병사들이 먼 곳을 보며 광장에 있는 병사들에게 큰 목소리로 상황을 알렸다.

"적습! 비행 전함이다! 장미에 검…… 로즈블레이드의 공격이다!! 숫자가 너무 많아!"

로즈블레이드 가문이란 외침에 병사들의 얼굴에서 핏기가 가셨다.

적대 귀족과의 전면전이라면 격렬한 전투가 될 것이 뻔하기 때문이었다.

병사들을 통솔하는 대장이 들고 있던 라이플을 꽉 쥐었다.

"대체 뭐냐! 일부러 오늘을 노리고 온 건가?!"

대장의 옆에 있던 젊은 병사가 하늘을 가리켰다.

"대장님, 적기입니다!"

병사들의 시선이 하늘로 향했다. 검은 갑옷 한 기가 오플리 가문 갑옷과 싸우고 있었다.

◇

「역시 왔나, 발트파르트 남작!!」

오플리 가문 기사가 탄 갑옷들은 도시 상공임에도 상관없이 라이플을 발포했다.

적의 본거지답게 여기저기서 적기가 잇따라 하늘로 올라왔다.

"끝도 없이 솟아나네. 성가신 녀석들이구만."

『마스터, 그다지 시간이 없습니다. 중앙을 돌파하고 뒤는 로즈블레이드 가문에 맡기시죠.』

"그래야겠군."

내가 앞장서서 적 본거지에 가장 먼저 쳐들어간 이유는 전투로

인한 피해를 줄이기 위해서다.

마리에를 구하러 온 건데, 전투에 휘말려서 다치기라도 하면 나중에 불만을 들을 게 뻔하다.

"자, 마리에를 구하기 전에 아로간츠로 날뛰도록 할까."

『그런 것 치고는 장비 대부분의 사용을 금지하셨지만요.』

"마을 한복판에서 아로간츠의 화기를 사용하면 피해가 커지잖냐."

루크시온과 잡담을 하면서, 조종간을 움직여 풋 페달을 조작했다.

하늘을 자유자재로 날아다니는 갑옷이라는 병기는 기본적으로 단순한 구조다.

대지를 공중에 띄우는 부유석이라 불리는 돌이 있다.

그것과 마력 동력로를 연결하여 에너지를 공급해서 부력을 조정한다.

나머지는 나아가고 싶은 방향에 에너지를 더하면 된다.

이전 생의 전투기처럼 공기 역학을 고려한 모습이 아니라, 인간의 형태 선택한 건 조종의 용이성 때문이다.

조종에 마력을 사용하기에 인간의 모습에 가까운 편이 쉬울 수밖에 없었다.

또한 마력으로 방어 필드를 전개하면 풍압도 어느 정도 경감할 수 있다.

본래는 평범한 풀 플레이트 아머를 가볍게 하여 다루기 쉽게 만드는 기술이었는데, 그것이 발전해서 지금의 형태가 되었다.

지금의 갑옷은 기사의 무기와 방어구이자 말이다.

『피해를 최소한으로 함으로써 마리에의 생존율이 상승한다면 기꺼이 협력하지요.』

"처음부터 그렇게 말하라고."

아로간츠가 맨몸으로 적 갑옷에 다가가 오른손으로 머리를 짓부수며 뜯어냈다.

머리와 흉부 해치가 떨어져 나가자 파일럿의 겁에 질린 얼굴이 훤히 보였다. 나는 그대로 갑옷을 지면으로 차서 떨어뜨렸다.

주위에서 잇따라 라이플을 쏴댔지만, 통하지 않자 결국 검과 방패를 든 갑옷들이 앞으로 나왔다.

하얀색에 금으로 장식한 화려한 갑옷이 달려들더니 아로간츠를 밀기 시작했다.

「이런 짓을 벌이고 무사할 수 있을 것 같나? 로즈블레이드 가문이 뒤에 있다고 한들, 왕국은 결국 우리 편을 들 것이다!」

나는 적의 말에 웃으면서 아로간츠를 조작했다.

양팔을 펼친 아로간츠가 화려한 갑옷을 부둥켜안더니 그대로 눌러서 찌부러트려 나갔다.

적기에서 뒤틀리는 소리가 나자 기사가 황급히 콕핏 밖으로 뛰쳐나왔다.

아로간츠로 광장에 강하한 뒤 끌어안아 찌부러트린 갑옷을 내던졌다.

기사는 광장 분수에 떨어진 모양이라, 아무래도 다친 데도 없는 듯했다.

　나는 그 녀석을 향해 중요한 이야기를 했다.

「내가 아무 생각도 없이 왔을 것 같아? 너희가 공적과 내통한 증거는 이미 확보했다. 지금쯤 왕도에서 로즈블레이드 가문이 그 증거를 앞세워 너희를 축출하고 있겠지. 이미 폐하의 귀에도 너희의 악행이 전달됐을 거다.」

　악역처럼 웃으면서 말하자 분수에 떨어진 기사가 어금니를 악물고 분한 듯한 표정을 지었다.

　루크시온이 내게 주의를 줬다.

『적 갑옷이 강하하고 있습니다.』

"배틀 액스랑 로드를 꺼내."

『예, 마스터.』

　백팩 컨테이너에서 방출된 건 배틀 액스와 로드──봉이다.

　각각을 양손에 쥔 아로간츠가 배틀 액스와 로드를 연결하여 창으로 만들었다.

　강하하는 적을 향해 휘두르자 적 갑옷의 팔다리가 절단되었다.

　팔다리를 잃고 밸런스가 나빠진 적 갑옷이 착지하지 못하고 그대로 지면에 부딪혀 나뒹굴었다.

　아로간츠가 창을 오른손에 들고 자세를 취했고, 왼손으로 적을 도발하는 것처럼 손바닥을 위로 향한 채 손가락을 움직여 줬다.

「덤벼 보라고, 오플리가의 조무래기들아!!」

내 도발에 적 갑옷이 잇따라 덤벼 오자, 루크시온이 어처구니 없다는 듯한 목소리를 전자 음성으로 재현했다.

『마스터는 취미가 고약하군요.』

잇따라 팔다리, 때로는 머리를 베어 날려버렸고, 갑옷은 광장에 떨어졌다.

쌓여 가는 오플리가의 갑옷 잔해들.

"나한테 싸움을 걸면 어떻게 되는지 가르쳐 주겠어. 나는…… 싸울 때는 바깥의 약점부터 공략해 가는 걸 좋아하는 타입이다!"

일곱 기째일까? 적 갑옷을 떨어뜨리자, 루크시온이 정정했다.

『평소에도 순서에 따라 행동해 주신다면 저도 서포트하기 편할 텐데, 이럴 때만 일에 진지하게 임하는 건 좋게 볼 수 없군요.』

이 녀석은 주인을 타박하지 않으면 대화를 할 수가 없는 건가?

제10화「결혼식에 난입」

결혼식 회장.

마리에는 지금까지의 경위를 돌이켜보면서 마음속으로 중얼거렸다.

'도와줘, 오빠.'

이전 생의 오빠는 훌륭하다고 칭찬할 정도는 아니었지만, 그래도 마리에가 힘들거나 위기일 때 도와주는 자랑스러운 오빠였다.

조금 도가 지나치다는 문제가 있긴 했지만, 어쨌든 오빠가 있었다면 이 상황에서도 분명 도와주지 않았을까 하는 생각이 들었다.

이 세계에 존재하지 않는 오빠한테 도움을 바라다니. 마리에는 묘한 기분이 들었다.

'이세계에 와서도 나는 오빠한테 기대기만 할 뿐이네. 정말로 바보 같아. 내가 오빠를 힘든 상황에 몰아넣어서 죽게 한 거나 마찬가지인데.'

물론 그 건에 대해서 마리에도 하고 싶은 말이 있었다.

'확실히 무리한 주문을 하기는 했지만, 보통은 그렇게까지 할 거라고는 생각하지 않잖아! 아니 그보다, 사회인이니까 자중하란 말이야! 지금 와서 생각하면, 오빠는 죽는 방식이 한심해. 정말로 바보라니까⋯⋯. 그런 바보인 오빠한테 도움을 바라는 나도 어지

간하지만 말이지.'

고개를 숙이고는 자조했다.

눈물이 넘쳐흘렀다.

베일로 가려져 있으니까 주위에서는 알 수 없지만, 눈물이 끊임없이 흘러나왔다.

말도 안 되는 소리지만, 그래도 마리에는 목소리로 내서 중얼거리고 말았다.

"도와줘, 오빠야……."

마리에의 목소리는 바깥의 소란에 휩싸여 리키와 신관한테 닿지 못했다. 마리에는 이미 그런 걸 신경 쓸 겨를이 없었다.

그때, 예식장에 무장한 기사가 뛰어 들어왔다. 기사는 오플리 백작에게 다가와 무릎을 꿇었다.

오플리 백작이 갑작스러운 난입에 미간을 찌푸렸지만, 기사는 그럴 때가 아니라는 듯 보고를 쏟아냈다.

하객들의 웅성대는 소리에 결혼식이 중단되었고, 그 순간 식장의 양 여닫이문이 기세 좋게 활짝 열렸다.

이윽고 마리에가 애타게 기다렸던 대사가 들려왔다.

"그 결혼, 기다려 주실까!"

모든 사람의 시선이 그쪽으로 향했다.

결혼식 도중에 난입한 청년. 마치 드라마의 한 장면 같은 전개였지만, 마리에한테는 그게 중요한 게 아니었다.

베일과 눈물로 부예진 탓인지, 이상하게도 그 청년이 이전 생

의 오빠처럼 보였다.

"……오빠야?"

마리에는 황급히 베일을 벗고 눈물을 훔쳤다. 입구에 서 있는
건 리온이었다.

"너, 너, 뭐 하러 온 거야?!"

베일 너머라고는 해도 리온의 모습을 이전 생의 오빠라고 인식
한 것이 부끄러웠다.

마리에는 동요하면서도 리온한테 호통을 치며 다시금 모습을
확인했다.

조금 전에는 드라마의 한 장면 같다고 생각했지만, 잘 보니 리
온의 차림새는 멋이 없었다.

갑옷에 올라탈 때 쓰는 파일럿 슈트 차림에 손에는 돌격소총을
들고 있었다.

근미래적인 외관인 걸 보아 루크시온이 만든 게 분명했다.

리온의 뒤로 무장한 기사와 병사들이 모여 있었다. 장비에 그
려진 장미와 검이, 그들이 귀족의 사병임을 나타냈다.

그마저도 모두 라이플을 들고 있어서 삼엄한 분위기였다.

적어도 드라마처럼 상쾌하게 달려와 마리에의 손을 잡고 도망
치는 그림은 기대할 수 없을 것 같았다.

애초에 리온은 이 자리에서 희미한 미소를 띠고 있다.

마리에가 기대하는 듯한 전개는 바랄 수 있을 것 같지 않았다.

"미안하지만 결혼식은 중지다. 애초에 할 필요가 없는 결혼이

지만."

리온의 등장에 오플리가와 라판 가의 친족들이 분개했다.

"정말로 쳐들어올 줄이야!"

"호위는 뭘 하고 있나?! 위병들은 어떻게 된 거냐?!"

"저 녀석들을 끌어내라!"

곧바로 쫓아내라며 떠드는 하객들이었으나, 리온은 동요한 기색이 없다.

그는 품에서 서류 다발을 보란 듯이 꺼내 들었다. 서류에는 왕가의 문장이 찍혀있었다.

"움직이지 마라! 이건 왕궁의 명이다. 너희가 아무리 떠들어 봤자 이미 늦었어. 정의는 나한테 있다."

왕궁에서 내준 서류를 방패 삼아 리온이 이 자리에 난입했다.

양가 관계자들도 놀라서 곤혹스러워하더니 근처에 있는 사람들과 서로 얼굴을 마주 봤다.

그러자 마리에 옆에 있던 리키가 미간을 찌푸리며 고함쳤다.

"왕궁이라고? 거짓말 마라!"

흥분한 리키에게, 리온은 침착하게 반론했다.

"가짜 서류로 이만한 소동을 일으키겠냐. 정식으로 영장을 받았으니까 이렇게 무장해서 쳐들어온 거다."

히죽 웃는 리온을 보고 리키는 기가 죽었는지 한 걸음 뒤로 물러났다.

"마, 말도 안 된다. 우리 집안이 그간 얼마나……! 크윽, 어째서 이렇게 된 거지?!"

당황하는 리키의 모습이 재미있었는지, 기분이 좋아진 리온은 경위를 이야기하기 시작했다.

"증거를 왕궁에 전달했는데 계속 중간에서 무마되는 것 같더라고. 그래서 연줄을 이용해 높은 사람한테 직접 보고했지. 그랬더니 바로 해결해 주더군."

실실 웃는 리온을 보고 얼굴에서 핏기가 가신 건 오플리 백작이었다.

"그런, 말도 안 되는?! 고작 그런 걸로 왕궁이 우리를 내쳤다는 거냐?"

오플리 백작이 믿기지 않는다는 얼굴이었다. 리온은 그게 꽤씸했는지 눈을 가늘게 뜨고 노려보고 있었다.

"안 그래도 왕궁 내에 같은 편이 제법 있는 것 같더군. 그걸로 지금까지 갖가지 악행을 무마해왔던 모양인데, 이번에는 아무도 도와주지 않을 거다."

"큭?!"

오플리 백작은 분노로 이를 갈다가 퍼뜩 무얼 떠올렸는지 혼자 웃기 시작했다.

"이걸로 이겼다고 생각하지 마라, 애송아! 아무리 왕궁이 용인했더라도, 이런 폭거를 다른 귀족들이 보고만 있지는 않을 거다."

아직 포기를 못 한 오플리 백작을 향해 리온이 현실을 고했다.

"프램튼 후작을 의지할 생각이라면 포기하라고. 너희와의 관계를 추궁했더니 무관하다고 대답했다. 오히려 공적과 내통하는 자들은 귀족이라 부를 수 없으니 좋을 대로 하라더군."

오플리 백작은 프램튼 후작한테서 버림받았다는 사실에 아연실색했다. 현 상황을 이해하고 싶지 않은 것이리라.

리온의 이야기를 들은 오플리 가문 관계자 모두가 당황해 어쩔 줄 몰라 했다. 스테파니 또한 리온을 보며 멍하게 서 있다.

"거, 거짓말⋯⋯. 그럴 리가 없어. 이 녀석은 모험가에서 벼락출세했을 뿐인데⋯⋯? 이런 게 가능할 리가 없는데⋯⋯?"

스테파니는 리온이 책략으로 오플리가를 궁지에 몰아넣는 상황은 조금도 예상하지 못한 모양이었다.

모험가로서 벼락출세하였으니 무력에 자신이 있는 건 알았지만, 책략도 대단하다고는 생각하지 못했다.

하물며 왕궁 내의 권력 투쟁은 지방 남작가가 개입해 봤자 어쩔 도리가 없다.

리온한테 이런 쪽 재능이 있다는 건 아무도 예상할 수 없었다.

혼란스러워하던 스테파니가 쓰러질 때 매달린 상대는 카라였다.

하지만 카라는 자신에게 매달리려 하는 스테파니를 뿌리쳤다.

"카라! 네가 감히! 그렇게나 많이 아껴 줬는데!"

"뭘 아껴줬다는 거야! 이제 전부 다 끝이야. 이만 깨달으라고. 너 때문에 나까지 말려들었잖아! 너희들 때문에⋯⋯!"

카라가 눈물을 흘리며 소리를 질렀다. 이미 자신도 가망이 없다는 걸 깨달은 것이다.

마리에는 절망한 스테파니한테서 고개를 돌렸다.

둘의 관계도 신경 쓰이지만, 지금은 그걸 걱정하고 있을 여유가 없었다.

리온이 진지한 표정으로 돌격소총을 겨누자 식장 내의 긴장감이 더욱 커졌다.

그리고 리온이 주범들을 향해 말했다.

"오플리 백작과 라판 자작은 동행해주길 바란다."

마리에의 아버지가 자신의 이름이 불리자 눈을 부릅뜨며 놀랐다.

"나는 왜……! 무슨 잘못을 했다고 날 체포하겠다는 거냐……?! 나는 이 녀석들과 아무 상관도 없단 말이다!"

오플리 가문 사람들을 '이 녀석들'이라고 부르는 라판 자작에게 리온은 증거를 제시하며 이유를 말했다.

"오플리 백작과 밀약을 맺었는데 무관할 리가 있나. 빚을 대신 떠맡는 것을 조건으로, 공적 건으로 협력하겠다고 약속했지? 더러운 방법으로 같이 한탕 하려 했으면서, 이제 와서 도망칠 생각 마라."

마리에는 "어……?!" 하고 놀라며 아버지의 모습을 봤다.

밀약을 맺은 건 사실이었는지, 그는 쓰러지다시피 하며 의자에 주저앉아 있었다.

마리에의 다른 가족들도 몹시 당황한 눈치인 걸 보아 다들 알고 있었던 것 같았다.

마리에는 그들을 노골적으로 비난했다.

"이 정도로까지 썩어 있었다니!"

마리에의 목소리가 들리자, 라판 자작은 고개를 들어 리온한테 아첨하기 시작했다.

"그렇군, 이 녀석을 되찾기 위해 이런 일을⋯⋯! 제, 제안이 있다! 이 녀석과의 결혼을 인정해 주마. 그러니 우리는 눈감고 넘어가다오! 부탁이다! 모두 이 애를 원해서 그런 거잖나? 원하는 대로 해도 좋으니, 우리만은 제발!"

라판 자작은 이 모든 사건의 시발점이 마리에라고 생각했는지, 마리에를 미끼로 교섭을 하려 들었다.

마리에는 속이 부글부글 끓었다.

'뭐야, 이 자식? 내 행복을 망쳐 놓고서, 이제는 나를 이용해서 혼자 빠져나가겠다고?'

평소에는 잘난 듯이 구는 주제에, 지금은 리온한테 목숨을 구걸하고 있었다.

한심한 아버지의 모습을 보고, 후려갈겨 주고자 마리에가 한 걸음 내디뎠다.

"적당히 좀 헷⋯⋯?!"

뒤에서 안겨든 리키의 팔이 마리에의 목을 옥죄었다.

리키의 눈에는 핏발이 서 있었다.

"우, 움직이지 마라! 이 여자가 어떻게 되어도 괜찮은 거냐! 한 걸음이라도 움직이면 이 목을 꺾겠다!"

"이거 놔! 이거 놓으란 말이야, 이 자식아!"

마리에는 저항했지만, 리키는 마리에보다 덩치가 큰데다 흥분해서 그런지 힘도 제법 강해 쉽게 뿌리칠 수가 없었다.

병사들이 라이플 총구를 리키에게 겨누었지만, 마리에를 붙잡고 농성하는 탓에 쉽사리 발포하지 못했다.

리키는 마리에를 인질로 삼아 리온과 교섭했다.

"이딴 여자 하나 갖겠다고 고생하는구만. 애초에 나는 이 녀석한테 아무런 흥미도 없어. 원한다면 주마. 하지만 그 전에 나를 그냥 놓아줘라. 그게 조건이다."

리키는 혼자서라도 도망칠 생각이었다.

마리에의 눈에 리온의 기분이 분노로 점점 불쾌해지는 게 보였다.

리온이 낮은 목소리로 대답했다.

"안됐지만 너희를 모조리 체포하라는 왕궁의 명이다. 특히 너는 오플리가의 후계자이니 더더욱 놓아줄 수 없다."

조용히 화내는 모습에 마리에는 이전 생의 오빠가 떠올랐다.

마치 동일 인물처럼, 마리에 안에서 리온과 이전 생의 오빠 모습이 겹쳤다.

'말도 안 돼?! 설마 정말로 리온이……'

그렇게 생각했을 때였다.

리온이 왼손으로 신호하자, 천장을 뚫리고 가느다란 빛이 리키의 어깨를 꿰뚫었다.

"끄악!"

리키가 비명을 지르며 마리에를 놓치더니 고통으로 얼굴을 일그러뜨리며 상처를 움켜잡고 괴로워했다. 이윽고 그는 몸을 웅크린 채 울며 절규했다.

"아, 아파. 누, 누가 좀 살려줘!"

리키의 품에서 도망친 마리에는 리온한테 달려갔다.

"리온!"

리온은 총구를 내리더니, 어처구니없다는 듯 웃으면서 말했다.

"결혼식이 엉망진창이 됐는데 기뻐 보이네. 역시 싫었던 모양이지?"

마리에는 리온의 얼굴을 직시하지 못한 채 고개를 숙였다.

"미, 미안. 저, 저기 말이야……."

대화를 가로막는 것처럼, 루크시온이 천장에서 내려왔다.

『마스터, 작전이 다음 단계로 이행되었습니다.』

리온이 돌격소총을 어깨에 걸치고 뒤돌아서 주위에 명령을 내렸다.

"좋아, 그러면 이쪽도 얼른 끝낼까. 오늘은 그 밖에도 할 일이 있으니까 말이지. 관계자를 붙잡으면 곧바로 다음으로 향한다."

결혼식을 멈추고 끝이 아닌 건가? 마리에는 고개를 갸웃했다.

"이제 끝난 거 아니야?"

애초에 리온과 병사들이 난입한 시점에서 싸움은 끝난 것이나 마찬가지다.

아직 더 할 것이 있는 건가 하고 묻는 마리에한테, 리온은 짓궂은 미소를 띠었다.

"실은 왕궁과 거래가 있었거든."

"거래?"

"오플리가의 영지는 부유섬이잖냐? 그걸 우리 몫으로 넘겨주겠다고 하더라고. 뭐, 왕궁으로서는 일일이 관리하기 귀찮을 테니까."

대륙 중앙을 지배하는 왕가한테는 오플리 가문한테서 빼앗은 부유섬 관리는 귀찮기 짝이 없는 모양이다.

오플리 가문의 가신 중에도 공적과 이어진 자가 없을 거라고는 단언할 수 없다. 그래서 뿌리를 뽑으려면 관계자를 모조리 배제해야 하는데, 그러면 인력이 남지 않아 부유섬을 관리할 수가 없다.

"어? 그럼 이 부유섬은 이제 리온의 소유인 거야?"

마리에의 발언에 리온이 깊은 한숨을 내쉬었다.

"설마. 왕궁이 그렇게까지 친절했으면 이렇게 고생하지는 않았지. 본토에 있는 라판 자작가의 영지도 마찬가지로 압류해야 하는데, 거기는 빚이 묶여있잖냐. 그래서 그 빚을 내가 인수하는 대신, 오플리 가문의 부유섬을 주겠다는 이야기가 된 거지."

즉, 왕궁에는 멀리 있는 부유섬보다 본토에 있는 라판 자작가의 토지가 중요하다는 거다.

루크시온이 보충하여 설명했다.

『지금 왕국이 가장 원하는 건 오플리 가문이 쌓아 둔 재산입니다.

덧붙여서 라판 자작가의 영지에는 마스터의 형님분이 향하고 있기에, 당장이라도 제압할 수 있겠지요.』

리온이 다른 협력자들에 관해서도 이야기했다.

"너를 돕겠다고 가난뱅이 남자 그룹까지 총출동했어. 다들 지금쯤은 분발해서 네 본가에 쳐들어가고 있지 않을까?"

"어…… 그건 즉, 내 본가가 망한다는 의미지? 잠깐 기다려, 어쩐지 복잡한 기분인데요?!"

도움을 받은 건 기쁘지만, 본가가 공격받고 있다는 말을 듣고 복잡한 기분이 드는 마리에였다.

제11화 「장미와 검의 사람들」

국내 귀족끼리의 내전은 로즈블레이드 가문과 발트파르트 가문을 중심으로 한 남작가 그룹의 승리로 끝났다.

이후 제작되는 호르파트 왕국 지도에는 오플리 가문과 라판 가문의 이름이 기재될 일은 없다.

라판 자작가의 영지는 일시적으로 왕가의 직할지——직접 통치하는 땅이 된다.

이후에는 대관을 파견할 것인가, 영주를 임명할 것인가, 그도 아니면 주변 영주한테 비싸게 팔아넘길 것인가? 왕궁의 판단 여하에 달렸다.

남은 건 오플리 가문의 부유섬이다.

누구한테도 맡기지 않고 방치하는 건 논외.

승리한 우리가 새롭게 통치자를 준비하게 된다.

처음에는 다들 내가 오플리 가문 영지를 받으리라 생각했던 모양이지만, 이번 경우는 협력자인 로즈블레이드 가문을 무시할 수 없었다.

나는 장래에는 남작이지만, 로즈블레이드 가문은 백작가다. 격이나 실력을 생각해 봐도 내가 독식하면 이후 분쟁의 씨앗이 된다.

그래서 나는 오플리 가문 영지를 승계하지 않기로 정했다.

나 이외의 누군가를 영주로 삼아 임명하는 것이 무난하다.

그 누군가를 정하기 위해 우리는 발트파르트 남작가 저택에 모여 있었다.

모였다고는 해도, 장소는 아버지의 집무실인 서재다.

모인 면면도 나와 아버지, 닉스 이렇게 부자 세 명이다.

이 면면으로 제멋대로 이야기를 진행하는 건 문제지만, 실은 로즈블레이드 가문과의 교섭은 끝난 상태다.

당사자에게는 사후 승낙이긴 한데, 부유섬의 새로운 통치자가 바로——.

"어째서 내가 독립해서 자작이 되는 거냐고?! 그런 이야기는 듣지 못했어!!"

둘째 형인 닉스다.

상정하지 않은 사태에 소란을 피워 대기 시작하는 닉스를 설득하는 건 이 이야기를 받아들여야만 한다고 생각하는 아버지였다.

"적임자가 너뿐이니까. 독립해서 자작이 되는 게 나쁜 이야기는 아니잖냐?"

둘째 형인 닉스가 자작이 되어 구 오플리 가문 영지를 승계하는 계획에는 나도 동의했다.

나는 여러 이유로 사양했고, 아버지도 마찬가지다.

본래는 아버지가 구 오플리 가문 영지를 승계하고 부유섬을 두 개 소유하여 자작이나 백작이 될 수도 있지만, 그렇게 할 수 없는 이유가 있다.

본인이 통치할 자신이 없고 야심이 부족한 것이 이유 중 하나. 또 하나의 이유는 조라와 그 자식들이다.

아버지는 조라와 자식들이 영지를 넘기라고 떠들어 대기 전에, 닉스에게 주고 싶어 했다.

아버지가 영지를 얻으면 조라가 첫째 형인【루트아트 포우 발트파르트】한테 구 오플리 가문 영지를 넘기라고 떠들어 댈 것이기 때문이다.

루트아트는 발트파르트 가문의 적남이며, 당연히 권리를 가지고 있다. 하지만 아버지로서는 본가에 없는 루트아트보다도 닉스를 우선하고 싶은 것이리라.

닉스한테 발트파르트령을 주어 남작으로 삼고, 루트아트에게 구 오플리령을 주어 자작으로 삼는 방법도 있었지만, 아버지와 로즈블레이드 가문이 반대하여 각하되었다.

로즈블레이드 가문으로서도 모처럼 손에 넣은 구 오플리령을 조라 일파에 넘겨주고 싶진 않은 듯했다.

그런 이유로 닉스가 자작으로 독립하는 흐름이 되었다.

이 이상은 출세하고 싶지 않은 나로서는 괜찮은 이야기였다. 닉스는 불만인 모양이었지만.

"이상하잖아!! 애초에 하루아침에 자작이 된다는 게 말이나 돼? 왕궁이 절대로 인정하지 않을 거라고. 게다가 나는 통치라곤 조금도 배우지 않았다고!"

닉스는 보통 클래스에 재학 중이라 영주에게 필요한 지식은 배우지 못했다.

성격이 고지식한 닉스는 상황에 영주가 되어도 할 수 있는 게 없다고 생각하는 모양이었다.

물론 틀린 말은 아니다. 하지만 그 정도 일을 상정하지 않고 닉스를 영주로 만들 리가 없다.

내가 아버지한테 시선을 보내자, 아버지는 망설이면서도 그 점에 관해 설명해 주었다.

"그것 말이다만, 실은 널 만나고 싶어하는 사람이 있다."

"날?"

고개를 갸웃하는 닉스에게, 아버지가 품에서 편지를 꺼냈다.

그 편지의 봉랍에는 로즈블레이드가의 문장이 찍혀있었다.

"로즈블레이드 백작가에서 온 서한이다. 너한테 딸을 맡기고 싶다고 적혀 있다."

닉스는 이에 경악했다.

상대는 격이 위인 백작가. 자작가와의 혼인 못 할 건 없지만, 신분의 균형이 맞지 않는다.

닉스는 편지를 받아 들고, 초조해하면서 내용을 확인했다.

"이 사람들이 대체 왜 날…… 어?"

놀람과 약간의 기대에 차 있던 눈동자가 서서히 광채를 잃어갔다.

나와 아버지는 먼저 내용을 확인했기에, 슬며시 닉스한테서 시선을 피했다.

닉스가 편지 내용을 소리 내서 읽었다.

"'눈엣가시던 오플리가를 날려 버린 근성이 마음에 들었습니다'……. 어이."

정말이지 개성적인 편지 내용에 닉스는 뺨을 씰룩거렸다.

아버지가 허둥대며 닉스를 설득했다.

"그 꽤 개성적인 내용이지만, 너한테 관심이 생긴 건 사실이잖냐! 한 번쯤은 얼굴을 보고 이야기해 보는 것도 나쁘지 않아."

닉스는 받아들일 수 없는 듯, 언성을 높이며 저항했다.

"애초에 싸움을 벌인 건 리온이고, 날려 버린 것도 리온이잖아! 그럼 이 편지도 리온에게 갔어야지!"

아버지와 닉스가 옥신각신하는 와중에, 나는 편지를 보낸 사람을 생각하고 한숨을 내쉬었다.

편지를 보낸 사람은 디어드리 선배가 아니다.

그녀의 언니, 이미 학원을 졸업한 사람이다.

개성적인 디어드리 선배와 막상막하로 이쪽도 개성적인 사람이었다.

그런 사람의 마음에 들다니, 닉스는 운이 좋은 건지 나쁜 건지.

——뭐, 뒤에서 이야기를 진행한 건 나지만.

잠깐 시선을 뗀 사이에, 닉스가 아버지의 멱살을 잡고 흔들고 있었다.

아버지는 미안한 마음이 있는지, 닉스에게 저항하지 못했다.

"갑자기 자작이 되라고 해도 곤란하다고! 그, 그래. 리온! 네가 자작이 되면 해결이잖아! 활약한 건 사실상 너니까, 상대도 납득할 거야!"

닉스가 나한테 귀찮은 일을 떠넘기려 하자, 아버지가 먼저 입을 열었다.

"그건 안 되지! 리온한테는 마리에가 있잖냐!"

"알고 있어! 나도 알고 있다고! 하지만 나한테 영주 자리는 무리라고오오오!"

울 것 같은 얼굴인 닉스를 보고 있으려니, 나는 조금이지만 감동해 버렸다.

작금은 피를 나눈 형제라고 할지라도 밀어내고 걷어차서 떨어뜨리는 게 보통인 와중에, 동생인 나한테 출세의 기회를 양보하려고 하다니, 형의 귀감이다.

그런 닉스이기에, 나는 닉스가 행복해졌으면 한다.

나는 얼굴 한가득 미소를 띠고 닉스를 축복했다.

"자작이라니, 나도 무리이~. 영주가 되어서 고생하는 건 사양이야. 그리고 사실 형이 불평할 게 뻔해서, 도망치지 못하게 미리 상대를 데리고 왔어. 두 분 다, 부탁합니다!"

내가 부르는 소리에, 서재 문이 열리고는 두 명의 여성이 방으로 들어왔다.

곁에 따라온 디어드리 선배가 먼저 들어왔다.

"이름 있는 공적을 쓰러뜨려도 아직 위엄이 몸에 배지 않았네요.

조금 더 믿음직한 모습을 보여줄 줄 알았는데, 유감이에요."

아쉬워하는 듯한 디어드리 선배를 보고 닉스가 뺨을 씰룩거렸다.

클래스는 다르지만, 같은 학년이니까 면식이 있는 것이리라.

"디어드리 씨? 설마, 내 결혼 상대라는 게……."

닉스가 지레짐작하자, 디어드리 선배는 뒤돌아서 또 한 명의 여성을 봤다.

"착각이랍니다. 이번 혼담의 상대는 제가 아니라 언니예요."

모두의 시선이 한 명의 여성【도로테아 포우 로즈블레이드】한테 향했다.

긴 금발 생머리에 글래머러스한 체형을 강조하는 드레스 차림.

앞머리를 가지런히 자르고, 눈매는 예리하여 매서운 인상이 있는 미녀였다.

디어드리 선배 이상으로 여왕님이라는 말이 잘 어울리는 인물로 보인다.

나이는 20살.

채찍을 들고 등장해도 위화감이 없는 미인의 등장에, 나는 닉스가 부러워졌다.

디어드리 선배가 도로테아 씨를 소개했다.

"닉스 경과 혼담 이야기가 나온, 도로테아 언니랍니다."

"……잘 부탁해."

도로테아 씨는 닉스를 보지도 않고 쌀쌀맞게 인사했다. 빈말로도 태도가 좋다고 할 수 없었다.

하지만 이 혼담은 잘 마무리 짓지 않으면 안 된다. ——내 행복을 위해서!

"미인이 상대라니, 형은 운이 좋네."

부러운 마음이 드러나지 않도록 미소를 유념했는데, 닉스는 그게 마음에 들지 않는 모양이었다.

"뭘 실실 웃고 있어!"

거유인 도로테아 씨가 닉스의 부인이 된다는 걸 알았을 때는 질투했다. 하지만 그녀의 성격을 알고 난 뒤로는 형을 동정하게 되었다. 그녀는 겉모습대로 매서운 사람이었다.

도로테아 씨는 자기를 무시하는 닉스의 태도에 조금씩 본성이 나오기 시작했다.

"나를 방치하고선 제법 즐거워 보이네."

도로테아 씨가 그렇게 말하자 닉스는 "힉……!" 하고 비명을 지르며 자세가 엉거주춤해졌다.

가슴 밑으로 팔짱을 낀 도로테아 씨는 깔보는 시선으로 닉스를 바라봤다.

"어머? 자세가 나쁘네. 내 남편이 되겠다면 그런 한심한 모습은 보이지 말아야지. 오플리의 망나니들을 쓰러뜨렸다고 들어서 기대했는데, 영 엉망인걸."

디어드리 선배도 동의하여 유감스러워했다.

"정말이지 그 말대로예요. 아버님이 이런 혼담에 의욕적이지만 않으셨다면 거부했을 거예요."

사실 이 혼담은 현시점에서 8할은 확정된 이야기다. 오늘 두 사람의 만남 또한 결혼을 전제로 이루어지는 것이다.

지금 와서 두 사람이 거부해 봤자 달라질 건 없다.

이렇게 되도록 진행한 내가 말하는 것도 뭣하지만, 싫어하는 두 사람과는 반대로, 그녀들의 부친인 로즈블레이드 백작은 꽤 의욕적이었다. 그는 '이 결혼은 반드시 성공시켜 닉스 군을 우리 패밀리에 더하겠다!'라며 의욕을 불태웠다. 오죽하면 나와 처음 만났을 때, '마이 패밀리인 닉스 꿍한테 잘 부탁한다고 전해줬으면 하네' 하며 내 양손을 붙잡았을 정도다.

나는 그의 눈동자에서 '반드시 딸과 닉스를 결혼시키겠다'라는 강한 의지를 느꼈다.

나중에 루크시온한테 조사시켜서 알았는데, 로즈블레이드 백작한테 도로테아 씨는 고민거리였다. 이미 여러 번 혼담을 망친 이력이 있어서, 이대로 영영 결혼을 못 하는 게 아닌가 하는 불안감이 있었다.

그러니 백작으로서는 제대로 된 상대가 있다면 다소 격이 맞지 않더라도 어떻게든 시집보내고 싶었으리라.

닉스가 침묵하자 도로테아 씨는 인정사정없이 계속 몰아세웠다.

"동생인 리온 경은 모험가로서 공적을 세웠는데, 당신은 형이 되어서 아무것도 이룬 게 없다지? 정말 같은 피를 이은 형제인 걸까? 부끄럽지도 않아? 입이 있으면 뭔가 말해봐."

닉스가 온갖 심한 말을 다 듣고 있는 꼴을 보고 있으니 나도 조금 화가 났다.

아버지는 백작가 아가씨를 상대로 화를 낼 수 없기에, "우리는 닉스가 표준이고 리온이 규격 외인 건데" 하며 작게 중얼거릴 뿐이었다.

내 어디가 규격 밖이라는 거지? 나는 지극히 평범한데. 그저 루크시온이라는 치트 과금 아이템을 가진 일반인이다.

그때, 도로테아 씨의 비난을 견디고 있던 닉스가 고개를 들더니 미간을 찌푸리며 태도를 바꾸었다.

"아아, 그래. 나는 동생보다도 못한 형이야. 하지만 그게 어쨌다는 거지?"

닉스의 태도가 싸울 듯이 변하자 나도 아버지는 당황했다. 성실한 닉스가 여성한테 이런 태도로 나오는 건 처음이었다.

나는 욕을 먹고 드디어 미친 건가 싶었지만, 곧바로 닉스의 의도를 알아차렸다.

"형, 잠깐……!"

닉스를 말리려고 했지만, 이미 늦었다.

"너는 입 다물고 있어."

닉스는 이 결혼 이야기를 없었던 것으로 만들 생각이다. 닉스가 거절하긴 어렵지만, 도로테아 씨가 분노하여 먼저 이 방에서 나가면 불가능하진 않다.

그, 그만둬, 형! 그런 짓을 하면 내가 책임을 져야 하잖아!

"여기까지 왔으면 포기하고 받아들일 줄도 알아야지! 진정해! 상대를 화나게 하면 상황이 나빠질 뿐이라고."

닉스를 달래려 했지만, 닉스는 내 말을 듣지 않았다.

"나를 여기까지 몰아넣은 건 너잖아! 그리고 잘 들으라고, 오만 방자한 여자!"

닉스가 도로테아 씨를 손가락으로 가리켰다.

도로테아 씨는 놀란 얼굴로 "오, 오만방자한 여자라고요?!"라며 격앙했다.

"착각하지 말라고. 네가 나랑 결혼해 주는 게 아니야. 내가 결혼해 주는 거다! 그게 싫다면 얼른 집으로 돌아가!"

"지, 지금 저보고 돌아가라고 말한 건가요? 이런 말을 들은 건 처음이에요!"

"다들 백작가에 신경을 쓰느라 말하지 않았던 것뿐이겠지."

"보자 보자 하니 로즈블레이드 가문의 무서움을 모르는 모양이 군요."

"네가 백작가인 게 아니야. 너는 그저 단순히 여왕님인 척 구는 오만방자한 여자일 뿐이지. 무섭지도 어떻지도 않아."

"또, 저를 오만방자하다고……!!"

격앙하여 얼굴이 빨개진 도로테아 씨를 보고, 닉스는 식은땀을 흘리면서도 허세를 부리며 웃고 있었다.

"리온, 닉스를 말려! 이대로는 로즈블레이드 가문과 전쟁이 날 거다!"

아버지는 이제 거의 울 것 같은 얼굴이었다.

하지만, 상황은 예상치 못한 방향으로 나아갔다. 디어드리 선배가 도로테아 씨를 향해 미소를 지었다.

"언니, 잘됐네요. 축하드려요."

응……?

도로테아 씨도 어느새 미소를 띠고 있었다. 그러고는 그대로 혀로 입술을 요염하게 핥았다.

얼굴이 붉길래 화가 난 줄 알았는데, 그게 아니라…… 흥분했어?

"좋아. 당신, 최고야. 로즈블레이드의 이름 앞에서 비굴해지던 다른 남자들과는 달라. 나는 당신 같은 길들일 보람이 있는 남자를 기다리고 있었어!"

자신의 몸을 끌어안으며 몸을 부르르 떠는 도로테아 씨의 모습에 닉스가 경악했다.

"아, 아니, 이게 뭔……! 어, 어째서!"

도로테아 씨가 커다란 가슴 앞에서 손깍지를 끼더니, 기도하는 듯한 몸짓을 했다.

"아니, 오히려 서로를 길들이는, 더욱 격렬하게 맞부딪칠 수 있는 남성이 내 취향이야. 그저 얌전한 남자도, 오로지 자기를 따르라고 말하는 한심한 남자도 안 돼. 나는 마침내 이상적인 남성분과 만났어!"

닉스는 식은땀을 흘리고 있자, 도로테아 씨가 닉스와 강제로 팔짱을 꼈다.

"당신 최고야. 앞으로 함께 즐거운 가정을 이뤄 갈 수 있을 것 같은 느낌이 들어."

그대로 닉스는 도로테아 씨한테 끌려가기 시작했다. 닉스가 나를 향해 필사적으로 손을 뻗었다.

"사, 살려……!"

나는 미소 띤 얼굴로 손을 흔들었다.

"잘됐네, 형. 행복하게 잘 살아."

아버지는 눈앞의 광경을 완전히 처리할 수가 없는지, 머리를 감싸 쥐고 있었다.

"이, 이걸로 괜찮았던 거겠지? 나는 잘못하지 않은 거겠지?"

나는 불안에 젖은 아버지를 위로했다.

"괜찮다니까. 이걸로 형도 어엿한 영주이자 자작님이야."

"그럼 내 안의 이 미안함은 뭐냐? 아무리 봐도 내가 아들을 팔아 버린 것 같은 느낌이다만……?"

무사히 성가신 지위를 닉스한테 떠맡겼다.

결혼 활동에 곤란해하던 닉스한테 돈 많은 미인을 소개해 주다니, 어쩜 이리 마음 착한 동생인지.

그대로 문이 닫히자, 문 너머에서 닉스의 비명이 들려왔다.

「리온 너 이 자식, 두고 봐라! 언젠가 반드시 후려갈겨 줄 테다 아아아아!」

아무래도 눈물이 나올 정도로 기쁜 모양이다.

만면의 미소를 짓고 있는 나를 보고 디어드리 선배가 어깨를 으

쓱했다.

"귀찮은 일을 떠맡겼다는 얼굴을 하고 있사와요. 그건 그렇다 치고, 언니가 부럽네요. 저도 기골 있는 남성을 찾고 싶어요."

어디선가 그런 만남이 있었으면 좋겠네요. 그러니까 값을 매기는 듯한 시선으로 저를 쳐다보지 마세요.

자 그럼, 나는 남은 사후 처리를 하도록 하자.

제12화 「스테파니의 말로」

이날, 왕궁은 오플리 백작가의 사문회(查問會)로 소란스러웠다.

말이 사문회이지, 사실상 말소처분은 정해져 있는 거나 마찬가지였다. 이미 영지도 빼앗겼고 쌓아 왔던 재산도 왕궁에 몰수당했다. 요컨대 이 사문회는 공적과 내통한 오플리 가문을 단죄하는 본보기였다.

왕궁은 지금까지 오플리 가문에 시달려 왔던 사람들도 이걸로 묵은 체증을 해소할 수 있다고 보고 있었다.

상황이 그렇다 보니 아침부터 왕궁에는 수많은 귀족이 모여있었다.

그중에는 교복 차림의 안젤리카도 있었다. 왕궁 복도를 걷고 있었더니 디어드리가 다가와 말을 걸었다.

"안젤리카, 이번에는 도움을 받았네요."

"제법 화려하게 날뛰었더군. 덕분에 한동안 국내는 무척 소란스러울 거다."

두 사람이 나란히 복도를 걸었다.

디어드리가 부채를 펼쳐 입가를 가리면서 안젤리카에게 감사를 전했다.

"왕비님과 연결해 준 건은 감사하고 있답니다."

"그렇다면 좀 더 온건하게 일을 수습해 줬으면 했다. 일을 너무 서둘렀어. 덕분에 얼마나 여파가 퍼질지."

나쁜 귀족을 쓰러뜨리면 모든 게 끝나는 게 아니다.

오플리 가문이 말소되면, 그 관계자들도 소동에 휘말린다. 앞으로는 그 관계자들이 오플리 가문의 악행에 얼마나 관여하고 있었는지 조사하게 될 것이다.

준비할 기간도 없는 채, 왕궁 관리들은 한동안 엄청나게 바쁜 나날을 보내게 되었다.

디어드리가 미소를 지으며 부채를 접었다.

"로즈블레이드 가문이 서두른 게 아니랍니다. 서두른 건 발트파르트 경…… 리온 군입니다."

디어드리가 친근함을 담아 리온의 이름을 부르자, 안젤리카는 눈살을 찌푸렸다.

"……발트파르트 가문과 연을 맺는다는 이야기는 듣지 못했는데."

"저쪽에서 제안한 혼담이에요. 거절할 이유도 없고요."

안젤리카는 로즈블레이드 가문이 발트파르트 가문과 연을 맺는다는 이야기까지는 알지 못했다.

하지만 발트파르트 가문이 꺼낸 이야기라면 어쩔 수 없다.

'로즈블레이드 가문과 연결이 강해졌다면 포섭하기 어려워졌을 터…….'

율리우스 파벌에 불러들이고자 생각했는데, 로즈블레이드 가문과의 연이 생겼다면 고민할 수밖에 없다.

'이럴 줄 알았다면 더 빨리 움직였을 것을.'

리온을 포섭하지 못한 것에, 안젤리카는 스스로 놀랄 만큼 매우 후회하고 있었다.

로즈블레이드 가문은 레드글레이브 가문 파벌에 속해 있지 않다.

지금은 적대하고 있지도 않지만, 상황에 따라서는 서로 싸우게 될 상대다.

억지로 리온을 빼내 오면, 그거야말로 분쟁의 씨앗이 되고 만다.

리온을 빼내 오는 것을 재고하기에는 충분하고도 넘치는 이유다.

디어드리가 부채를 펼치고 입가를 가렸다.

"미안하게 됐네요, 안젤리카. 그를 노리고 있었지요?"

"처음부터 알고 있었던 주제에 속이 뻔히 보이는 말을 하지 마라. 그것보다도, 전 백작의 사문회 시간이 다가왔다. 어차피 보러 갈 것이지?"

안젤리카가 확인하자 디어드리가 날카로운 미소를 지었다.

"물론이에요."

◇

지금쯤이면 전 오플리 백작의 사문회도 시작되었으려나?

왕궁의 어느 방. 나는 마리에와 함께 또 하나의 사문회에 출석 중이었다.

나는 증언을 요청받아 출석한 거고, 사문 대상은 스테파니였다.

백작처럼 야단스럽게 사문회를 열기에 스테파니는 너무 잔챙이였다. 하지만 그렇다고 놓아줄 수도 없기에, 결국 별도의 사문회가 열리게 되었다.

왜 이렇게 서두르나 했는데, 이 사건과 관련된 일들을 빨리 끝내고 싶다나 뭐라나. 나도 관리들의 자세한 사정은 모른다.

회의실 같아 보이는 장소에서 구속된 스테파니가 서 있었다.

나와 마리에는 그 모습을 조용히 바라보았다.

의장이 입을 열었다.

"학원이라는 배움터에서 본가의 권력을 이용하여 학생들에게 수많은 범죄 행위를 저지른 것은 간과할 수 없다. 하물며 왕도에 공적들을 끌어들여 이용한 것은 죄상이 명백한 일이다."

의장이 스테파니의 죄상을 읊자 방청인들한테서 욕설이 날아들었다.

"이 배신자가!"

"상인 출신한테 귀족으로서의 줏대를 요구한들 의미 없겠지만, 이건 너무나도 심하군."

"저년을 매달아라!"

주위에서 날아드는 욕설에 저항도 하지 못하는 스테파니는 그저 고개를 숙인 채 떨고 있었다.

이전까지의 태도는 온데간데없어지고, 지금은 완전히 겁에 질린 모습을 하고 있었다.

시선을 이리저리 움직이고, 몸은 움찔움찔 떨고 있다.

마치 다른 사람 같다.

본가가 모조리 날아갔으니, 지금의 스테파니는 단순한 여학생…… 아니, 이제 학원에 다닐 일은 없으니 학생조차 아니군. 그저 한 명의 여성일 뿐이다.

마리에는 내 소매를 잡아당기며 작은 목소리로 말을 걸었다.

"저기, 공적들에 대해서는 어떻게 증명한 거야?"

"브리타를 비롯한 삼인조에게서 증언을 받았어. 너한테 은혜를 갚겠다고 협력하던데."

"걔들이?"

마리에는 믿기지 않는 모양이었다.

뭐, 실제로는 내가 협력을 부탁했다. 아니, 설득이라고 해야 할까? 처음에는 망설였지만 끝내 협력을 약속해 주었다.

의장은 스테파니의 죄상을 모두 읽은 뒤 선고했다.

"학생임을 감안할지라도 중대한 범죄이므로 처형해야 마땅하나, 죄상을 고려하여 다른 처벌을 선고한다. 앞으로 그대에게 왕국의 백성을 칭하는 것을 금한다. 현 시간부로 그대는 왕국의 귀족도, 평민도 아니다. 이것이 자네에게 내리는 벌이다."

말하자면 국외 추방이란 뜻.

말만 들어서는 몹시 가벼운 처벌 같지만, 당사자에게는 그렇지 않았다.

스테파니의 얼굴에서 핏기가 사라졌다.

"시, 싫어…… 싫다고! 귀족으로 죽게 해줘! 처형이든 뭐든 좋으니까, 그것만은!"

스테파니가 울부짖는 모습에 방청인들의 대부분은 이해하지 못해 당혹스러운 표정이었다.

여기 모여든 사람은 대부분이 학생이고, 스테파니의 말로를 보고 싶어서 모여든 녀석들이니 당연한 반응이었다.

하지만 어른들은 이 형벌의 무게를 알고 있었다.

한 남자가 슬며시 입꼬리를 올렸다. 스테파니한테 무슨 일이 기다리고 있을지 알고 있는 것이리라.

마리에는 또다시 내 소매를 몇 번인가 잡아당겼다.

"저, 저기, 이게 벌이 되는 거야? 추방할 뿐이잖아? 도리어 위험하지 않아?"

마리에는 복수가 걱정되는 모양이었지만, 이제 스테파니는 위협이 될 수 없다.

왕국 귀족은커녕 평민조차 아니다. 아무런 권리도 없는 사람이 되었다.

즉 왕국의 법은 그녀를 속박하지도, 보호하지도 않는다.

오플리 가문의 악행이 온 나라에 퍼진 이 상황에, 법률 밖으로 쫓겨난 스테파니에게 머물 자리가 있을 리 없다.

"지금까지 가난뱅이라고 깔봐 왔던 녀석들보다도 아래에 처박

힌 것도 모자라, 이제는 무슨 일을 겪어도 왕국의 법은 그녀를 보호하지 않아. 그럼 어떻게 될지는 뻔하지."

"그건……."

마리에도 눈치챈 듯하다.

혹여 스테파니한테 원한을 가진 사람이 복수해도 죄를 묻지 않는다.

앞으로 스테파니는 누구한테 도움을 요청한들 헛일이다. 왕국도 도와주지 않는다. 그녀는 자국 백성조차 아니니까.

──곱게 죽으면 그나마 다행이겠군.

옆에 있던 여성 기사들이 울부짖는 스테파니를 조용히 시키고자 주먹으로 내리쳤다.

"시끄럽다, 입 닥쳐라!"

"아팟?! 아프니까 그만해! 누가 좀 도와줘어!!"

"도와달라고? 누가 너를 돕는다는 거지?! 여기 모인 사람들의 시선들을 보고도 그런 말이 나오나?"

여성 기사가 스테파니의 머리카락을 붙잡고 주위를 둘러보게 했다.

대부분이 스테파니를 매섭게 노려보거나 비웃고 있었다.

귀족 영애 신분에서 전락하여 왕국의 백성조차 아니게 된 스테파니를 조롱하고 있다.

그나저나 여성 기사가 유독 가학적인 미소를 띠고 있는데…….
사적인 원한이라도 있나? 둘이 엮일 일이 있었나 싶다만.

"아무도 너를 돕고 싶다고 생각하지 않는 모양이군."

스테파니의 얼굴이 두려움으로 인해 일그러졌다.

"싫어어어엇."

가냘픈 목소리가 회장에 울렸다.

나는 여성 기사의 매우 난폭한 모습에 질겁했다. 남자 놈들 뺨치는 수준인데?

의장이 기사의 폭행을 제지하면서 사문회를 진행했다.

"그만. 자 그럼, 지금부터 관계자를 색출하겠다. 스테파니, 자네에게는 학원에서 친하게 지냈던 학생들이 있었지? 그중에 공적들과 엮인 자가 얼마나 있나?"

이건 취조가 아니라, 재미 삼아서 해보는 것이려나?

스테파니가 솔직하게 이야기할 리도 없고, 오히려 관계자가 적어야 의장도 편할 거다. 일거리가 줄어드니까 말이지.

아니, 그렇다기보다 측근이었던 기사 가문 자제들이 깊게 관계되지 않았다는 건 이미 다 조사가 끝나 있지 않을까?

측근들이 공적과 이어져 있었다고 해도 결국은 스테파니를 통해서 이루어진 일이다. 주군인 아가씨의 명령에 거역할 수 없었던 자들도 있을 테고. 벌은 내리겠지만, 스테파니만큼 가혹한 벌은 되지 않으리라. ——아마도.

의장이 스테파니에게 물었다.

"전원에게 취조한 결과, 카라 포우 웨인이라는 여학생이 자네와 깊은 관계였고 공적들과도 이어져 있을 가능성이 있다는 모양이더군?”

카라의 이름이 나오자 스테파니의 모습에 변화가 일어났다.

몸이 움찔 반응하고, 그러고 나서 한동안 고개를 숙인 채——.

“……그, 그 애는 아무것도 몰라. 그저, 내가 부려 먹고 있었을 뿐이야.”

——스테파니가 카라를 감쌌다.

의장은 짓궂은 미소를 띠고 있다.

아무래도 빈말로라도 성격이 좋다고는 할 수 없는 인물인 듯하다.

“그러한가? 확실히, 모두가 이구동성으로 자기들은 자네가 시킨 대로 했을 뿐이라고 말했었지. 자네를 따르고 있는 게 고통에 지나지 않았다고 말이지. 상인에서 출세한 집안의 딸한테 알랑거리느라 자존심에 상처를 입었다며 떠들고 있었다. 제법 미움받고 있었던 모양이군. 모두가 한결같이 자네를 향한 폭언을 내뱉고 있었다.”

스테파니는 눈물을 뚝뚝 흘리고 있었다.

나는 의외인 광경에 눈을 돌리고 말았다.

스테파니라면 배신한 측근들을 마구 욕할 줄 알았기 때문이다.

그렇게 스테파니는 마지막까지 카라를 감쌌다.

“그러니까, 몇 번이나 말하게 하지 마. 그 애는 다른 애보다 눈치가 빨랐으니까 곁에 두고 부려 먹었던 것뿐이야. 중요한 일을 맡길 리가 있겠냐고. 나는 처음부터…… 아, 아무도 믿거나 하지 않는걸."

몸을 떨고 있는 스테파니는 무척 슬퍼 보였다.

◇

"어째서 그 녀석은 카라에 관해 솔직하게 이야기하지 않았던 거지?"

지하 감옥으로 이어지는 계단을 내려가며, 나는 중얼거렸다.

대답한 건 모습을 드러낸 루크시온이다.

『카라 포우 웨인. 스테파니의 가장 가까이에 있던 측근 같은 여학생이군요. 그녀는 다른 사람들보다도 오플리 가문 사정을 잘 알고 있었을 터입니다. 왕국에 대한 보고 의무도 게을리하고 있었기에, 죄는 다른 사람들보다도 무겁습니다.』

"그거라고. 스테파니가 감쌀 이유가 있나? 그 녀석이라면 자기한테 폭언을 내뱉었다는 것만으로도 길동무로 삼아 주겠어! 같은 느낌으로 이야기할 줄 알았는데."

『하지만 스테파니의 증언으로 벌이 크게 변경될 일은 없습니다. 조금 전의 사문회는 단순한 본보기에 지나지 않습니다.』

"……그렇겠지."

루크시온과의 대화가 일단락되자, 마리에가 우리를 보며 어처구니없어하고 있었다.

"너희는 눈치채지 못했나 보네."

"뭘?"

『마리에는 뭔가 눈치챈 겁니까?』

스테파니의 심정을 눈치챈 마리에는 우리한테 들려줬다.

"걔…… 스테파니 말이야, 아마도 친구를 갖고 싶었을 거야."

너무나도 터무니없는 이야기에 나는 곧바로 부정했다.

"아니, 그건 아니잖냐. 절대로 말도 안 된다고. 뭐가 어떻게 되면 스테파니가 친구를 갖고 싶어 하고 있었다는 이야기가 되는데?"

『친구 만들기의 프로세스를 잘못 진행하고 있습니다.』

우리 반응을 예상했는지, 마리에는 담담하게 설명해 주었다.

스테파니에 대한 분노도 있지만, 동정일까? 느끼는 바도 있는 듯하다.

"그러니까, 아마도라고 전제를 달았잖아. 애초에 스테파니한테는 친구가 없다구."

"그 태도라면 어쩔 수 없잖냐."

"나도 처음에는 그렇게 생각했어. 하지만 이쪽 세계라면 복잡한 사정이 있잖아? 집안을 따져서 상대도 해주지 않는 사람들도 많고."

나도 마리에가 하고 싶은 말이 이해되기 시작했다.

오플리 가문은 상인한테 빼앗긴 가문이다. 상인이 가세가 기운 집안에 접근하여 그대로 불법과 합법 사이에 위치한 방식으로 가문을 빼앗았다. 귀족을 칭하고 있지만, 내용물은 상인이다.

그 후에는 상인의 재능을 발휘하여 백작가로 출세했는데——

당연히 평판은 나쁘다.

대부분의 왕국 귀족들한테서 꺼려지고 있었다는 게 그 여성향 게임의 설정이었지.

확실히 친구를 만들기에는 큰 마이너스다.

"하지만 미움받고 있었던 건 귀족들 사이에서만이잖냐?"

귀족 이외라면 친구도 만들 수 있었을 터다.

마리에는 내 대답에 큰 한숨을 내쉬고 나서 대답했다.

"걔가 갖고 싶었던 건 귀족인 친구야."

"성격이 나쁘군."

귀족 말고는 친구가 아니라고 하는 건 사람으로서 좀 어떤가 싶은데 말이지.

"자란 환경도 영향을 끼쳤겠지만, 어릴 적부터 그런 느낌이라면 비뚤어진 채 자라도 어쩔 수 없겠지. 딱히 불쌍하다고는 생각하지 않아. 아니, 조금은 동정하지만……. 걔가 한 짓은 용서받을 수 없지만, 주위 환경이 나빴던 것도 사실이잖아."

환경만 달랐더라면, 스테파니도 길을 벗어나지는 않지 않았을까? 그런 마리에의 생각에, 루크시온은 차가운 대답을 돌려줬다.

『그렇다고 해도 이번 상황을 만들어 낸 건 스테파니입니다. 그녀가 선인이었다면 지금보다도 죄는 가벼웠을 겁니다. 환경이 원인인 건 인정하겠습니다만, 본인의 자질에도 문제가 있습니다.』

"그래도……."

마리에가 뭔가 말하고 싶어 하는 것을 루크시온은 용납하지 않았다.

『나쁜 환경이라면 마리에도 마찬가지입니다. 그렇더라도, 마리에는── 뭐, 여러 가지로 문제를 일으켰습니다만 스테파니와 비교하면 전부 가벼운 것들뿐입니다. 스테파니를 위해 마리에가 마음 아파할 필요성은 없습니다.』

루크시온이 말을 끝내자, 마리에가 말하기 시작했다.

"걔 본가에서 봤어. 스테파니 녀석, 카라를 항상 옆에 두고 있었어. 카라는 민폐라고 느끼는 것 같았지만…… 스테파니는 어쩐지 기뻐 보였어. 친구를 사귀는 게 서투른 거야. 너무 서툴러서, 전혀 호의가 전해지지 않아."

"여전히 믿을 수가 없군."

그 스테파니가 친구를 갖고 싶어 했다니. 게다가 서툴러서 주위에 상처를 입힌다니, 민폐라고밖에 말할 도리가 없다.

다만, 나한테도 짚이는 바가 있다.

직장 상사의 괴롭힘과 같은 갑질 행위다. 입장이나 관계를 이용해서 부하를 몰아넣는 행위인데, 괴롭히는 쪽은 때로 '그 녀석을 위한 일이라고 생각해서'라는 말을 한다.

폭력도 인사, 라든가.

도저히 무리인 어려운 과제를 주는 것도 성장시키기 위해서, 라든가.

제삼자가 보면 믿기지 않는 행위라도, 본인 안에서는 정당한 이유가 있다.

하는 본인 입장에서는 올바른 행동이지만, 그것이 세간에 인정받을지 어떨지는 별개다.

즉, 스테파니 안에서는 귀족인 친구를 갖고 싶어서 그런 행동을…… 아니, 그건 아니군.

마리에도 스테파니를 긍정하고 있는 건 아닌 듯하다.

"실제로 성격은 최악이었어. 나도 두 번 다시 얼굴을 마주하고 싶지 않아. 하지만 말이야, 걔가 그런 식으로 된 원인이 있다고 생각하면 말이지. ……가벼운 그 여성향 게임의 설정치고는 너무 무겁다고 생각하지 않아?"

마리에의 물음에, 루크시온은 흥미로워하는 듯했다.

『커뮤니케이션 능력에 문제가 있어서 접근 방법을 그르친 결과라는 말입니까? 흥미로운 이야기이기는 합니다만, 이미 스테파니한테 벌은 내려졌습니다. 스테파니의 문제를 해결할 의미는 없습니다.』

마리에는 시선을 내렸다.

"그래. 인제 와서 새삼 무슨 생각을 해 봤자 늦었지. 하지만 말이야, 이전 생에서 밤일을 하고 있었으니까 그런 사람들을 봐 왔어. 걔도 조금 더 빨리 깨달았다면 인생을 바꿀 수 있었을까?"

침울해하는 마리에를 본 나는 작은 한숨을 내쉬었다.

이 녀석은 어째서 스테파니에 관해 이것저것 고민하는 걸까?

"친구 운운은 네 상상이잖냐? 그걸 위해서 이런 곳까지 오고 말이다."

목적지에 도착하자 루크시온이 모습을 감췄다.

지하 감옥에 오니 감시병이 우리를 알아차리고 가까이 다가왔기에 사정을 이야기했다.

그러자 한 감방으로 안내해 주었다.

그곳에 있던 건 카라였다.

추레한 모습으로, 제법 야위어 바닥에 주저앉아 있었다.

우리가 오자 카라가 고개를 들었다.

"……뭐야?"

마리에는 쇠창살 너머로 카라한테 사문회 결과를 전했다.

"스테파니의 사문회가 끝났어. 걔, 전부 다 빼앗기고 추방당하는 모양이야."

그 말을 듣고 카라는 눈치챈 것인지 쿡쿡 웃기 시작했다.

어두운 미소를 띠고는, 정말로 기뻐하는 것 같았다.

"그거 정말이야? 고소하네. 실컷 부려 먹은 끝에 우리를 말려들게 했는걸. 당연한 결과지. 아~아, 나도 사문회에서 그 녀석의 비참한 모습을 보고 싶었어."

우리가 말없이 있자, 카라가 깔깔 웃었다.

자포자기한 것처럼도 보였다.

"그건 그렇고, 전부 다 빼앗기다니 최고의 전개네. 그 녀석, 지금까지 실컷 다른 사람을 깔보면서 얕봐 왔으니까 얄궂은 벌이라고 생각하지 않아? 이번에는 그 녀석이 주위에서 깔보이면서 심한 꼴을 당하는 거야!"

기뻐서 참을 수 없는 듯한 카라에게, 마리에는 사문회에서 있었던 일을 이야기했다.

"스테파니는 마지막까지 너희에 대해서…… 특히 카라는 공적과는 무관하다고 끝까지 주장했어. 걔, 너희들 측근을 한 명도 팔지 않았어."

그 말을 듣고 카라가 놀랐는지 말을 잃었다.

마리에와 내가 카라가 갇힌 감방에서 멀어지자, 중얼중얼하는 혼잣말이 들려왔다.

"왜 팔지 않는 거야. 왜 지금 와서 감싸는 거야?! 어째서……! 더 오만하고, 싫은 녀석으로 있으란 말이야……."

제법 충격을 받은 듯하다.

지치기도 해서 혼란스러워하고 있는 걸까?

냉정한 상태라면 '인제 와서 그 정도로 용서해 줄까 보냐'라고 말할 것 같은데 말이지.

그리고 우리가 어떤 감방 앞을 지나가자, 거기에는 마리에의 아버지가 있었다.

"마리에! 마리에 아니냐?! 사, 살려다오. 발트파르트 남작한테 잘 좀 얘기해 주거라. 나는 무죄란 말이다!"

흐느껴 울면서 손을 뻗는 라판 전 자작을 보고, 마리에는 눈살을 찌푸렸다.

그대로 고개를 돌리고 지하 감옥을 뒤로했는데, 그 뒷모습을 보니 복잡한 심경을 품고 있는 것처럼도 보였다.

이번 생의 가족한테는 원망밖에 없기에, 여기서 저버려도 마음은 아프지 않다. ……그럴 터인데도 무언가 마음의 빚을 느끼고 있는 것처럼 보이기도 했다.

나는 머리를 긁적였다.

"신경 안 써도 되는데. 저 녀석, 너무 많이 짊어지는 거 아니냐?"

혼잣말이었는데 루크시온이 그걸 받아 대답했다.

라판 전 자작의 앞인데도 모습을 드러냈다.

『동감입니다. 그건 그렇고, 마스터와 마리에는 닮은 부분이 많군요. 상성은 발군이라고 판단합니다.』

"야, 왜 모습을 드러냈어?"

라판 전 자작이 놀랐지만, 곧바로 보여서는 안 되는 물건임을 눈치챘는지 내게 교섭했다.

"발트파르트 남작! 이 일은 비밀로 하겠네. 그러니까, 부디! 부디 나를 살려줬으면 하네! 그러지 않으면…… 자네가 수상한 자를 곁에 두고 있다고 말해 버릴 것만 같군."

추잡한 미소를 띠는 라판 전 자작을 보고 내가 발끈하자, 드물게 루크시온이 대응했다.

『지금의 너는 정신이 불안정하다. 너의 증언에 귀를 기울일 자는 없다. 따라서 그러한 교섭은 무의미하다. ──자, 마스터. 슬슬 마리에를 쫓아가도록 하지요.』

"……그래."

나와 루크시온은 라판 전 자작을 무시하고 지하 감옥을 나왔다.

등 너머로 "살려줘! 나는 아직 죽고 싶지 않아아아아아아아!"라는 목소리가 들려왔다.

최후의 최후에 줏대를 보여준 스테파니와 비교하면, 마리에의 아버지는 너무나도 소인배군.

제13화 「계약」

방과 후의 학원 교사(校舍).

복도를 걷고 있던 올리비아는 주위를 신경 쓰며 움찔움찔하고 있었다.

사람의 기척이 느껴지면 긴장하여 몸이 굳어 버리고 만다.

입학했을 즈음보다도 야위고, 겁을 먹게 되었다.

그런 올리비아가 지도가 붙어 있는 장소로 왔다.

큰 액자에 든 호르파트 왕국 지도.

다만 오늘은 외부의 기술자들이 와 있어서, 액자에서 꺼낸 지도에 무언가를 써넣고 있었다.

원래부터 있는 지도에 빨간색으로 무언가를 쓰고 있었다.

올리비아는 그것이 신경 쓰여서 말을 걸기로 했다.

상대는 귀족이 아니라 기술자이고, 외부 사람이기에 올리비아의 사정도 자세히 알지 못한다.

실제로 올리비아를 봐도 귀족 자제라 믿고 있어서 정중하게 대응했다.

"죄송합니다, 뭘 하고 계신 건가요?"

올리비아가 물어보자, 기술자들은 올리비아한테 사정을 설명했다.

"갑작스러운 이야기라 저희도 놀라고 있습니다만."

그렇게 말하고 지도를 보여줬는데, 올리비아는 놀라서 눈을 크게 떴다.

지도 일부가 수정되어 있었다.

호르파트 왕국의 지도 말인데, 왕국 영토는 귀족들이 다스리는 영지를 알 수 있도록 선으로 구분되어 있다.

지명 외에 그 땅을 다스리는 귀족의 가문명도 적혀 있다.

그 가문명 중 하나에 빨간색으로 가로줄이 그어져 있었다.

"이, 이건……."

"라판 자작가가 말소 처분되고 영지가 몰수되었다고 합니다. 그래서 지도에서 가문명을 지우고 있는 거지요. 새로운 지도 또한 작성하는 중입니다만, 완성까지 시간이 걸릴 것 같아서요."

"말소라고요? 갑자기 어째서요……?"

올리비아는 지도에서 갑자기 귀족의 가문명이 사라지는 게 믿기지 않았다.

기술자들은 서로 얼굴을 마주 보고 난 뒤, 주위를 경계하며 올리비아한테 알려줬다.

"소문이지만 말입니다. 듣자니 왕가의 분노를 샀다고 하더군요."

올리비아의 얼굴에서 핏기가 가셨다.

이유는——.

'고작 그것만으로 귀족이라도 쉽게 모든 걸 잃어버리는구나.'

이 순간, 올리비아는 평소 듣던 여자들의 협박이 빈말이 아니라는 걸 깨달았다.

올리비아의 낌새를 눈치채지 못한 기술자들은 이야기를 계속했다.

"오플리 백작가도 말소되었습니다. 다만 영지는 다른 귀족님이 승계한다는 것 같습니다."

"승계요?"

"전쟁이 있었던 것이지요. 갑작스러운 일이라 다들 놀라고 있습니다. 단 하루 만에 멸망했다는 모양입니다."

멸망했다. ──그 말이 올리비아 안에서 몹시 무겁게 들렸다.

고향에 살고 있을 때는 깨닫지 못했다.

학원에 오기 전에, 올리비아는 이 나라가 평화롭다고 믿고 있었다.

하지만 자기가 사는 이 나라는 평화와는 거리가 먼 나라임을 뼈저리게 느끼게 됐다.

올리비아가 고개를 숙이며 물었다.

"어, 어째서 멸망한 건가요?"

기술자들도 자세한 사정은 모르는 모양인데, 머리를 긁적이며 대답했다.

"자세히는 모릅니다만, 소문으로는 어떤 귀족을 화나게 만든 것이 원인이라는 모양입니다. 그나저나 참 무서운 분이군요. 단 하루 만에 백작가를 멸망시킬 정도라니."

기술자들은 "뭐, 소문이지만요" 하고 말하며 서로 웃었다.

이런 쪽 이야기는 군더더기가 붙어 과장되는 것이기에 진실이 아님을 알고 있는 얼굴이다.

그렇다고 하더라도, 지금의 올리비아한테는 매우 무시무시하게 들렸다.

'백작가도 간단히 멸망시킬 수 있다면, 내 고향은 손쉽게……'

올리비아는 공포로 자기 손가락을 깨물며, 불안정한 발걸음으로 기술자들 곁에서 떠나갔다.

◇

사문회가 끝나고 카라와의 면회를 마친 우리는 학원에 돌아와 있었다.

방과 후의 교실은 저녁 노을빛으로 오렌지색으로 물들어 있었다.

이전 생의 학교 교실을 떠올리게 하는 광경에는 그리움──향수가 느껴졌다.

다만 그런 분위기를 엉망진창으로 깨부수는 게 마리에다.

돌아오자마자 학원 사무실로 호출받았기에 그곳으로 향하니 거기서 여러 수속을 밟으라는 말을 들었다.

그 결과 마리에는 오른손으로 책상을 때리며 울고 있다.

"내 잘못으로 말소당한 게 아닌데도!"

울고 있는 이유 말인데, 본가가 말소됨에 따라 마리에의 귀족

지위도 박탈되었다.

확실히 마리에는 이번 일에서 무죄가 확정되었다.

본래라면 본가의 죄로 어떠한 벌을 받을 터였지만, 나와 가난한 남작가 그룹, 그리고 로즈블레이드 가문의 중재도 있어서 무죄를 얻어냈다.

하지만 본가가 소실되어 마리에는 귀족에서 평민이 되고 말았다.

스테파니와 다른 건 왕국 백성이라는 점이다.

앞으로 마리에는 평민으로 취급된다.

그렇게 되면 마리에는 학원에 다닐 수 없게 된다.

평민인 올리비아 양이 학원에 입학한 건 특례이고, 이걸 마리에한테 적용하는 건 불가능하다는 말을 들었다.

여러 수속이라는 건 퇴학에 관련된 것이었다.

요컨대 라판 자작가가 말소됨으로써 마리에는 학원에 다닐 자격을 잃고 말았다.

"이제 귀족이 아니니까 나가라니, 너무하지 않아?!"

학원 생활을 기대하고 있었던 마리에로서는 퇴학은 받아들일 수 없는 모양이다.

우리 둘만인 교실에는 루크시온도 모습을 드러내어 공중에 떠 있다.

나와 마리에 중간에 떠 있었다.

『문제없습니다. 저는 마리에를 높게 평가하고 있습니다. 학원보다도 더욱 좋은 교육 환경을 준비하도록 하지요. 이걸로 문제는 해결됩니다.』

루크시온의 위로에 나는 한숨이 나왔다.

"마리에가 원하는 건 교육 환경이 아니라 학원 생활이라고. 학생으로서 청춘을 구가하고 싶은 녀석한테 공부시켜 주겠다고 말해봤자 매력을 느끼지 않겠지."

『그런 겁니까?』

루크시온이 빨간 외눈을 마리에한테 향했다.

마리에는 고개를 들더니, 흐느껴 울었던 얼굴로 끄덕였다.

"당연하잖아. 나는 청춘 시절을 되찾고 싶었다구. 이전 생에서 보답받지 못했으니까, 즐거웠던 그 무렵만이라도 다시 한번 되찾고 싶다고 생각했는데…… 흑……."

『──그렇습니까.』

루크시온이 어처구니없어하고 있는 걸로밖에 보이지 않는다.

나는 마리에한테 손수건을 건네면서 포기하도록 말했다.

"리키와 결혼하는 것보다는 낫잖냐?"

"그건 그렇지만……."

손수건으로 코를 푸는 마리에한테 살짝 질색하면서, 나는 그 모습에서 어딘가 안심감을 느꼈다.

누구 씨랑 판박이다.

어째서 지금까지 알아차리지 못했던 걸까?

나는 마리에한테 중요한 이야기를 꺼냈다.

우리 둘에게 있어 무척 중요한 이야기다.

"저기 말이다, 전에 나한테는 이전 생에서 여동생이 있었다고 이야기했었지?"

내가 꺼낸 화제에 마리에는 얼굴을 돌리며 고개를 끄덕였다.

"……응."

마리에도 어렴풋이 눈치채고 있는 것일지도 모른다.

나는 여동생——이전 생의 여동생에 관해 천천히 이야기했다.

내숭을 떠는 게 능숙하고, 성격이 최악인 여동생에 관해서다.

하지만 지금 와서 생각해 보면 스테파니보다는 상식적인 녀석이었군.

"내 가족…… 이전 생의 가족은 부모님이랑 나, 그리고 여동생의 4인 가족이어서 말이지."

가족 구성을 말하자 마리에도 작게 고개를 끄덕였다.

"……나도 그래."

더 빨리 알아차렸어야만 했다.

있을 수 없는 일이라고 생각하여 가능성을 고려하지 않고 여기까지 와 버린 것을 후회했다.

빨리 알아차렸더라면, 나도 마리에도 이런 감정은 들지 않고 그쳤을 텐데.

"역시나. 오빠한테 그 여성향 게임을 떠맡겼다는 시점에서 눈치챘어야만 했어."

말로는 꺼내지 않았지만, 마리에도 내가 하고 싶은 말을 알아차리고 있다.

기분은 충분히 전해져 있었다.

"정말로 설마 하던 일이지. 어째서 이렇게 된 걸까? 애초에 죽은 타이밍이 다른데 말이야."

마리에의 이야기에서 추측건대, 마리에가 사망한 건 내가 전생한 것보다도 훨씬 뒤다.

뭐가 어떻게 되면 동급생이 되는 것일까?

이 점도 있어서 마리에가 내 여동생이라고는 생각지 못했다.

"그렇지. 정말로 이상한 일뿐이야. 애초에 그 여성향 게임에 전생한다는 상황 자체가 말도 안 되지."

"하핫, 그것도 그러네."

마리에는 웃고 있지만, 어딘가 슬퍼하는 것처럼 보이기도 했다.

이런 세계에서 모처럼 재회할 수 있었는데, 솔직하게 기뻐할수 없는 건 서로 좀 그렇지 않나 싶다.

잠깐이지만 아무것도 모른 채로 있었다면, 이 앞은 어떻게 되었을까? 라는 생각이 머리를 스쳤다.

이런 생각을 해서는 안 되는데.

나는 그리움에서 이전 생의 여동생 이야기를 했다.

"꽤 제멋대로인 여동생이었어."

"뭐야, 그게."

장난기가 발동해 마리에한테 이전 생의 여동생에 관해 이야기해 줬다.

조금은 이전 생을 돌이켜보면서 반성해라, 라는 의미도 있었다.

아니, 내가 마리에와 예전 이야기——이전 생의 이야기를 하고 싶은 것뿐일지도 모른다.

여하간 이 세계에서는 유일하게 이전 생에 관해 이야기를 나눌 수 있는 존재다.

"기억하고 있잖냐? 너는 내숭을 잘 떨어서 부모님의 환심을 사는 게 능숙했지. 덕분에 너는 부모님 마음에 들어서, 나는 혼나기만 하고 말이다."

"응. 응……?"

고개를 끄덕이며 내 이야기를 듣고 있던 마리에였으나, 도중부터 고개를 갸웃했다.

뭔가 이의가 있는 듯하다.

"잠깐 기다려. 부모님이 오빠보다도 나를 신뢰하고 있었다구?"

"그야 그렇잖냐. 너는 어리광을 잘 부렸으니까."

내가 웃으면서 말하는데도, 마리에 쪽은 뭔가 생각에 잠겨 있었다.

"아니야, 그럴 리 없어. 우리 부모님은 오빠를 더 신뢰하고 있었는걸?"

"어……?"

나와 마리에 사이에서 어긋남이 발생했다.

지금까지 잠자코 있었던 루크시온이 대화에 끼어들었다.

『조금 전 이야기의 흐름에서 추측건대, 두 분은 서로가 이전 생의 오빠와 여동생이라고 생각하고 있었던 모양이군요. 하지만 정보의 어긋남이 발생하고 있는 건 신경 쓰입니다.』

루크시온이 즐거운 듯이 말했는데, 유쾌해 보이는 건 기분 탓일까?

아니, 내 생각은 틀리지 않았을 터다.

왜냐면 몇 번이나 마리에의 모습에 여동생이 겹쳐 보였고, 그 밖에도 공통점이 있으니까.

"아니, 틀리지 않았대도! 마리에는 그 여성향 게임을 클리어할 수 없으니까 오빠한테 강제로 떠맡겼잖냐? 그렇다면 나랑 같잖아."

하지만 마리에는 여기서도 나한테 반론했다.

유감이라는 표정을 지으면서.

"강제로 떠맡겼다니…… 확실히 조금 억지스럽긴 했지만, 나는 오빠한테 클리어해달라고 제대로 부탁했어. 그리고 말이야, 조금 전부터 지독한 여동생이었어~ 같은 식으로 말하는데, 나는 그렇게까지 지독하지 않았으니까 말이야."

"거짓말이지?"

"정말이야! 왜 의심하는 건데?"

지독한 여동생이 아니었다? 아니, 하지만 자기 신고는 신용해서는 안 된다.

그렇게 되면 먼저 마리에의 오빠——나에 대한 인식을 확인하는 편이 좋겠군.

"그러면 네 오빠에 관해 알려줘."

나 자신에 관해 묻고 있는 것 같아서 쑥스러웠고, 마리에도 어쩐지 이상한 기분인지 미묘한 표정을 짓고 있었다.

단지, 오빠 이야기를 하는 마리에는 조금 기쁜 것처럼 보였다.

"우리 오빠는 평소에는 평범해. 도가 지나치는 면도 있지만, 일반적인 오빠라는 느낌이려나? 그러니까 평소에는 내 손바닥 위에서 갖고 놀고 있었어. 하지만 말이야, 화나게 하면 엄청나게 무서워! 그리고 연애랑 관련된 것에 엄청나게 둔해서 말이야. 여자 관계가 끔찍한 상황이 되어 있었단 말이지. ……뭐, 둔감남이라는 거야."

평소에는 평범하다는 정보만이라면 나도 같지만, 도가 지나치는 면이라든가 화나게 하면 무섭다든가 하는 건 다른 사람이라고밖에 생각되지 않는다.

그리고 연애 관계가 끔찍하다는 건 뭐지? 애초에 나는 이전 생에서 연애와 관련된 트러블 같은 건 일어난 적이 없다고.

"그런 오빠가 존재하냐? 아니 그보다, 화나게 하면 무서운데 잘도 손바닥 위에서 갖고 놀겠다는 생각을 했구만."

"왜냐면 내 오빠니까 말이지. 화를 내는 아슬아슬한 선이라고 해야 하나? 한계를 잘 분별하고 있었으니까 말이야. 하지만 지금 와서 생각해 보면 여동생인 나한테는 물렀어."

……나랑 전혀 다르잖냐!

애초에 이전 생의 여동생은 나한테 그 여성향 게임을 강제로 떠맡겼다.

게다가 내가 여동생 손바닥 위에서 놀아난다는 건 있을 수 없는 일이다.

그리고 나는 절대로 둔감남이 아니다.

뭐냐고, 그 라노벨 주인공 같은 오빠는?!

나는 둔감계 주인공을 싫어하니까 만났다면 후려갈겼을지도 모르겠다.

게다가 여동생을 귀여워하고 있었다는 생각도 없다.

결론부터 말하자면…… 나랑 다른 사람이 아닐까?

"내 여동생은 꽤 지독한 성격이었어. 그 왜, 집을 나서면 성격이 표변하는 느낌으로 말이다. 요령이 좋아서 부모님의 신뢰를 방패 삼아 자기 마음대로 하고 다니고 있었으니까."

마리에는 내 이야기를 듣고 고개를 가로저었다.

"그렇다면 나하고는 다르네. 아니 그보다, 내가 싫어하는 타입이잖아. 분명 그 여동생, 제대로 된 녀석이 아니야."

"그, 그래……."

이건 이미 여동생의 부녀자 취미에 관해서는 물을 필요도 없으리라.

틀림없이 마리에는 내 여동생과 다른 사람이다.

그렇게 생각하고 있자, 마리에는 그라비아 아이돌이 하는 듯한 포즈를 취해 보였다.

"그리고 나는 이전 생에서도 미인이었다구. 지금은 이런 모습이지만, 이전 생에서는 몸매도 엄청나게 좋았으니까."

내 여동생······ 얼굴은 괜찮았다고 생각하는데, 몸매는 좋았던 가······? 확실히 슬림하긴 했지만, 마리에처럼 자랑할 수 있을 정도는 아니었을 터다.

서로 어긋나는 정보가 너무 많아서 어쩐지 분위기가 미묘해지기 시작했다.

나도 마리에도, 자기들의 생각이 빗나가 있었다는 걸 깨닫고 말았다.

이 자리의 분위기에 견디지 못하고, 나는 사과했다.

"······미안. 네가 내 여동생일지도 모른다고 생각했는데 말이다. 아무래도 아닌 모양이야."

"그만해, 좀! 내가 그렇게 지독한 녀석으로 보였어? 너무하지 않아?!"

"아, 아니, 미안했다. 하지만 너도 나를 자기 오빠라고 생각하고 있었던 거지? 난 네 오빠처럼 무서운 둔감남이 아니라고."

나는 어디에나 있는 평범한 남자다.

마리에가 말하는 그런 개성적인 오빠가 아니었다.

마리에도 창피해했다.

"미, 미안했어! 어쩌면, 하고 생각했는데······ 역시 아니지?"

애초에 남매가 모두 그 여성향 게임 세계에 전생한다든가 웃을 이야기도 못 된다.

나와 마리에는 그대로 미묘한 표정을 짓고 있었지만, 차츰 우스워져서 웃기 시작했다.

"뭐냐. 서로 착각하고 있었던 건가."

"그러네. 말도 안 되지. 어쩐지 조금 전까지 고민하고 있었던 게 바보스러워지네."

둘이 함께 서로 웃고 있자, 루크시온이 어째서인지 기뻐하는 것처럼 보였다.

『오해가 풀린 모양이라 다행입니다. 이걸로 마리에의 문제도 해결할 수 있군요.』

"그건 무슨 의미지? 퇴학 말고 마리에한테 문제가 있는 거냐?"

『그건── 어이쿠, 아무래도 교사가 온 모양이군요. 저는 모습을 숨겨 두도록 하지요.』

말을 꺼내려다가 중단한 루크시온이 모습을 감추자, 교실에 교사가 왔다.

"스, 스승님?!"

놀라서 자리에서 일어서는 내게, 스승님은 "그대로도 괜찮습니다"라며 자리에 앉도록 재촉했다.

"학원에 돌아왔다는 말을 듣고 두 사람을 찾고 있었습니다. 이번 일, 두 사람 다 제법 고생한 모양이군요."

신사라는 말이 어울리는 스승님은 학원에서는 매너를 가르치고 있는 교사다.

내게 차의 세계를 가르쳐 준 훌륭한 인물이기도 하다.

친애의 정을 담아 스승님이라 부르고 있다.

"불러주셨다면 저희 쪽에서 찾아뵈었을 텐데요."

스승님과 이야기하고 있자, 마리에가 뭐라 말하기 힘든 표정으로 우리를 보고 있었다.

"……너, 정말로 스승님한테만 태도가 다르네."

나는 뒤돌아보면서, 마리에를 향해 고개를 갸웃해 보였다.

"당연하잖냐. 뭐라 하건 스승님이라고. 공경하지 않으면 안 되잖냐."

마리에는 그렇게 단언하는 나를 보며 체념한 듯한 표정을 짓고 있었다.

스승님은 우리 둘의 얼굴을 번갈아 보다가, 마지막에 마리에 책상 위에 있는 서류를 봤다.

"퇴학 서류입니까."

스승님의 말에 퇴학을 떠올린 마리에는 어깨를 푹 떨구고 어두워졌다.

"어쩔 수 없죠. 저는 이제 귀족이 아니니까요. 하아, 조금만 더 학원에 남고 싶었어. 수학여행도 있는데……."

아쉬워하는 듯한 마리에를 보고 있으려니, 어쩐지 나까지 마음이 아파져 오잖냐.

"다음에 여행 데려가 줄 테니까 침울해하지 말라고."

"그건 기쁘지만, 수학여행이 좋은 거야! 학원 수학여행을 동경하고 있었는데 말이지."

삐쳐 버린 마리에를 보고 당황한 나는 스승님 쪽으로 몸을 향했다.

"그것보다도 스승님, 저희한테 뭔가 용건이 있으신 겁니까?"

언제까지고 스승님 앞에서 한심한 모습을 드러내는 것도 창피하다.

얼른 용건을 정리하고 마리에를 외식에라도 데리고 가서 기분을 풀어주자.

그런 생각을 하고 있자, 스승님이 우리를 보며 미소 지었다.

"미스터 리온도 짓궂군요. 미스 마리에의 소원을 이룰 방법을 알고 있으면서 애태우고 있는 겁니까?"

"예……?"

스승님의 말에 내가 놀라자, 마리에가 자리에서 벌떡 일어나 나한테 소리쳤다.

"농담이지?! 리온, 너 나를 놀리면서 장난치고 있었던 거야?! 너무해! 나를 가지고 노는 게 그렇게나 즐거워?!"

오해받을 것 같은 대사를 내뱉는 마리에한테 반론하는 내 목소리가 커졌다.

"오해를 부를 만한 말투를 하지 말라고! 스승님한테 오해당하면 나는 울 거란 말이다!"

"왜 거기서 남자 이야기를 하는 건데?"

어째서인지 마리에가 질색하고 있는데, 나는 그게 이해되지 않는다.

우리가 서로 노려보고 있자, 스승님이 살짝 주먹 쥔 손으로 입가를 가리며 웃었다.

우리가 스승님의 얼굴을 쳐다보니 스승님은 "이거, 실례했군요"라며 사과하고 난 뒤,

"둘의 모습을 보고 있었더니 걱정거리는 없어졌습니다. 오지랖이 넓은 방해꾼은 이쯤에서 퇴장하도록 하지요."

그 말만 하고는 스승님은 교실에서 나갔다.

잠시 후 루크시온이 모습을 드러내서 내 옆으로 다가왔다.

『마스터의 스승님은 해결책을 알고 계시는 모양이었습니다. ──자, 그래서 마스터는 어떻게 하실 겁니까?』

결단을 재촉하는 루크시온의 시선에 견디지 못한 나는 자리로 돌아가 앉았다.

마리에도 자리에 앉아 불만스러운 듯한 얼굴로 나를 봤다.

"해결 방법이 있다면 알려줘도 괜찮잖아. 너 정말로 짓궂네. 그런 부분은 이전 생의 오빠랑 닮았어."

"네 오빠랑 똑같이 취급하지 말라고. 뭐어, 그 뭐냐……."

마리에를 학원에 남게 하는 방법 말인데, 실은 존재한다.

하지만 마리에가 이전 생의 여동생이다──라고 굳게 믿고 있었던 나한테는 선택할 수 없는 해결 방법이기도 했다.

다른 남자로는 어렵지만, 지금의 나라면 가능하리라.

나를 노려보는 마리에와 빨간 외눈으로 나를 응시하는 루크시온.

둘의 시선에 견디다 못한 나는 깊은 한숨을 내쉬고 나서 천장을 올려다보고…… 평소와 같은 분위기로 말했다.

"마리에…… 나랑 약혼하겠냐?"

"헷?!"

발끈했던 표정이 한순간에 놀람으로 바뀌고, 볼륨이 있는 머리카락이 둥실, 하고 부푼 것처럼 보였다.

기분 탓인지 마리에의 얼굴이 빨개진 듯한 느낌도 든다만⋯⋯ 저녁노을 때문에 잘 모르겠다.

마리에가 바들바들 떨고 있다.

"가, 갑자기 무슨 말을⋯⋯."

"나랑 약혼하면 너는 학원에 남을 수 있다고."

"정말이야?!"

정말이야! 라고 말하고 싶었던 것이겠지만, 동요한 마리에는 혀를 깨물고 말았다.

창피한 듯이 입을 양손으로 누르는 마리에한테, 나는 낄낄 웃으면서 사정을 가르쳐 주었다.

"본가가 말소되어도 너는 전 귀족이니까 말이지. 나랑 약혼하면 언젠가는 남작 부인이잖냐? 충분히 학원에 다닐 자격이 있는 거라고. 학비는 필수가 되지만⋯⋯."

마리에는 내 이야기를 듣고, 조금 놀라고 있었다.

"어떻게 알고 있는 거야? 혹시 조사해 봤어?"

"뭐, 그렇지."

마리에한테서 시선을 돌리자, 루크시온이 뻔뻔하게 우리 대화에 끼어들었다.

『마스터는 이번 건을 스승님에게 상담하고 있었습니다. 당연하지만, 이후 마리에의 취급에 관해서도 화제에 올라서 말이지요. 조금 전까지는 마리에를 이전 생의 여동생이라고 오인하고 있었기에 해결 방법은 같은 그룹 남자와 약혼시키는 것이었습니다. 다만, 이건 조금 어려운 해결 방법이었습니다.』

마리에가 쭈뼛쭈뼛하며 루크시온한테 확인하는데, 시선은 힐끔힐끔하며 나를 보고 있었다.

"어째서야?"

『말소당한 가문의 딸이라는 간판은 세간의 평판이 좋지 않다고 합니다. ──신인류들의 가치관은 이해하기 어렵습니다만, 마리에 개인보다도 세간의 평판을 신경 써서 약혼을 받아들일 남자가 없을 거라고 상정하고 있었습니다. ──하지만, 여기에 마리에를 받아들여도 개의치 않는 남자가 있군요.』

루크시온의 시선이 나한테 향했다.

마리에는 나를 보고, 입을 뻐끔뻐끔했다.

묘하게 쑥스러움이 느껴져서 나는 농담을 섞으며 마리에한테 약혼을 재촉했다.

"그런 거다. 게다가 너하고 약혼하면 나도 결혼 활동 생활과 작별할 수 있잖냐? 너는 학원에 다닐 수 있어서 행복하고, 나는 결혼 활동에서 해방되어서 행복하지. 뭐, 불만도 있겠지만 참아 달라고. 나도 참고 있으니까 말이지."

내가 말한 약혼이란 '계약'임을 넌지시 드러냈다.

서로 사랑한 끝에 하는 약혼이 아니라, 서로에게 유리하니까 하는 계약. 나도 이 세계에 익숙해지고 있다는 걸 실감하게 된다.

애초에 마리에는 나 같은 것보다도 공략 대상인 귀공자들 같은 미형 남자들이 취향이다.

이 약혼에는 내키지 않겠지만, 나한테도 하고 싶은 말은 있다.

마리에한테는 숨기고 있었는데, 실은 나는 가슴이 큰 여성이 취향이다.

그렇기 때문에 마리에는 내 취향에서 크게 벗어나 있다.

원래라면 도로테아 씨 같은 가슴이 크고 연상인 미녀가…… 아니, 그 사람은 성격에 난점이 있다.

끌려가는 닉스를 보며 웃고 있었던 나지만, 도로테아 씨와 결혼하라는 말을 들으면 거부하리라.

외모는 괜찮은데, 이후의 생활을 생각하면 말이지. 닉스한테는 조금 미안한 마음이 든다.

뭐, 그런 이유로, 이 약혼을 성립시킨다는 건 가슴이 큰 여자를 포기한다는 것과 같은 뜻이다.

눈물을 삼킨 결단이었다.

하지만 마리에는 약혼을 제안한 나를 눈살을 찌푸리며 쳐다봤다.

"싫어."

짧고도 강한 의지가 느껴지는 말이었다.

"왜?! 너도 싫을지도 모르지만 나도 이것저것 여러 가지로 참고 말이다……!"

거부당한 이유를 알 수 없어서 고함을 쳐 버렸더니, 마리에가 눈물이 그렁그렁한 눈으로 떨기 시작했다.

그 모습은 내 죄책감을 자극하기에는 지나칠 정도로 충분했다.

무심코 "아, 미안" 하고 입에서 사과의 말이 나오자, 마리에는 손등으로 눈물을 닦으며 소리 질렀다.

"더 무드가 있는 장소에서 고백받고 싶었는데! 방과 후의 교실이라니 뭐야! 게다가 고백 대사가 나도 참고 있다니…… 이런 건 절대로 용납할 수 없어."

"에에에엑……."

마리에의 반응에 내가 질색하자, 루크시온이 우리를 번갈아서 보며 말했다.

『이건 마리에가 내건 조건으로 약혼을 제안하면 곧바로 승낙을 얻을 수 있다는 의미일까요?』

루크시온의 의문에 이쪽을 힐끔힐끔 보던 마리에가 고개를 끄덕였다.

"응."

『마스터, 아무래도 가계약은 성립한 것 같습니다. 다행이군요.』

내가 먼 곳을 보는 듯한 눈으로 둘을 보고 있자, 루크시온이 상세한 내용을 확인하기 시작했다.

『그래서, 마리에는 어떠한 상황에서 고백받고 싶은 겁니까?』

마리에는 곧바로 미소 띤 얼굴이 되더니, 손깍지를 끼고 이상적인 고백 장면에 관한 조건을 제시했다.

"음~ 우선은 아름다운 별하늘이 보이는 장소가 좋아. 전망이 좋은 바깥도 좋지만, 고급 레스토랑이라도 괜찮아. 그리고 약혼 반지도 준비해 줬으면 좋겠어. 이전 생에서는 결국 결혼반지도 못 받았고 말이야."

『그걸로 끝입니까?』

"아직이야! 애초에 고백이 글러 먹었어! 뭐가 나도 참고 있으니까 너도 참아라, 야. 그런 고백은 절대로 인정 못 해. 좀 더 무드를 소중히 여기라구! 거짓말이라도 좋으니까, 이빨이 근질거릴 듯한 대사를 진지한 얼굴로 말해 줬으면 좋겠어. 하다못해 '언제까지나 네 곁에 있으면서 지킬 테니까' 정도는 말할 수 없는 거야?"

『——전부입니까?』

"어디 보자. 그 밖에는……."

루크시온은 잇따라 주문을 제시하는 마리에한테 진지하게 어울려 주고 있다.

나는 첫 단계에서 어처구니가 없어서 흘려듣고 있는데, 인공지능은 정말로 성실하군.

아니 그보다, 거짓말이라도 좋으니까 이빨이 근질거릴 듯한 대사를 말하라고? 게다가, 언제까지나 곁에 있으면서 지켜 줬으면 한다든가, 안에 든 인간은 나보다 연상인 것 같은데, 제법 소녀구만.

마리에는 기분이 좋아져서 조건을 계속해서 내걸었고, 루크시온은 잠자코 듣고 있었다.

그 모습에 내가 한숨을 내쉬자, 일단락된 듯하다.

루크시온이 마리에의 조건을 확인한 결과——.

『잘 알겠습니다. 그러면 곧바로 반지 제작에 착수하겠습니다. 이쪽은 한 시간 정도로, 미스릴과 보석을 사용한 반지를 준비할 수 있습니다. 또한 조건을 만족하는 야경이 보이는 포인트를 몇 군데 픽업하였습니다. 세 시간 후에는 모든 조건이 갖추어집니다.』

그 말을 듣고 마리에는 진지한 얼굴이 되었다.

"어? 세 시간 뒤? 뭐야, 그게?"

『마리에가 바라는 완벽한 시츄에이션은 세 시간 후에 모든 조건이 갖추어집니다. 마스터, 곧바로 고백 원고를 준비하겠으니 나중에 암기해 주십시오.』

루크시온한테 그런 말을 들은 나는 이마에 손을 대면서 귀찮다는 듯한 태도로 대답했다.

"가능한 한 짧게 해줘……."

『선처하겠습니다.』

이렇게 착착 준비가 진행되어 갔는데, 마리에는 마음에 들지 않는 모양이다.

"그런 건성인 느낌으로 끝내지 말라구! 나한테는 두 번째 인생에서 겨우 찾아온 기회란 말이야?! 좀 더 이렇게…… 시간을 들여서 세심하게 준비하라구."

마리에가 하고 싶은 말도 이해는 되지만, 이 경우에는 시간을 들여도 헛일이다.

루크시온은 마리에의 마음을 이해하지 못하고 있다.

『이 이상의 시간을 들여도 결과에 큰 차이는 없습니다.』

"세 시간으로 준비되었다고 생각하면 어째 가볍게 끝내 버린 느낌이 들잖아? 그 왜, 게다가 고백 대사는 리온이 생각해 줬으면 좋겠네~ 싶고."

마리에의 요구에 나와 루크시온은 서로 얼굴을 마주 보고, 그러고 나서 반론했다.

"나한테 이빨이 근질거릴 듯한 대사를 생각시켜도 헛수고다. 나는 그런 거에 익숙하지 않은 데다가 루크시온이 준비한 원고 쪽이 나을 거라고."

내가 가슴을 펴며 말하자 루크시온이 외눈을 끄덕이는 것처럼 위아래로 움직였다.

『마스터에게 시적인 재능을 요구하는 것이 잘못입니다. 알겠습니다, 30분만 여분으로 시간을 주신다면 불꽃놀이도 준비할 수 있습니다. 3시간 30분 후로 어떻습니까?』

양보한 듯한 분위기를 내는 루크시온을 보고 마리에는 부들부들 떨고 있었다.

"너, 너희들……! 고백에 더 진지해지란 말이야아아아!!"

소리치는 마리에를 보고, 나와 루크시온은 얼굴을 마주 보며 의논했다.

"약혼한다고 먼저 학원에 보고해 둘까."

『그편이 좋아 보이는군요. 어쨌든 이걸로 마리에는 학원에 남을 수 있습니다. 그렇긴 해도, 마스터와 함께라서야 청춘을 구가할 수 있을지 어떨지.』

"어이, 나랑 같이 있으면 불행하다고 말하고 싶은 거냐?"

『──아닙니다.』

"대답할 때 뜸이 있었어. 너, 나한테 불만이라도 있는 거냐고!"

루크시온과 싸우기 시작한 나한테 마리에가 달려들었다.

"나를 무시하지 마!"

결국 고백을 다시 할 분위기가 아니어서, 약혼 신청은 후일 다시 하는 것으로 미루어지게 되었다.

제14화 「약혼자로서」

사문회가 끝나고 얼마쯤 지났을 무렵.

스테파니가 석방되는 날이 다가오는 와중에, 학원 학생이 면회하러 나타났다.

전 약혼자 【브래드 포우 필드】였다.

구석구석까지 손질이 잘 된 윤기 있는 보라색 머리카락.

향수 냄새가 감도는 교복 차림의 귀공자는 그와는 어울리지 않는 지하 감옥이라는 장소에서 빛나 보였다.

필드 변경백── 국경을 지키는 대귀족의 후계자인 그는 가신들을 데리고 스테파니를 만나러 와있었다.

스테파니가 브래드를 보더니, 쇠창살을 붙잡고 얼굴을 가까이 가져다 댔다.

"브래드 님?!"

더러워진 모습을 보이고 싶지는 않았지만, 지금의 스테파니한테는 브래드만이 마지막 희망이었다.

전 약혼자라는 입장이기는 하지만, 브래드라면 자신을 도와주지 않을까? 그런 기대를 품게 해주었다.

스테파니한테 브래드란, 그만큼 의지가 되는 남성이었다.

"브래드 님, 저는 반성했어요. 그러니 도와주세요! 부탁드리겠어요…….”

눈물을 흘리며 애원하는 스테파니를 내려다보는 브래드는 눈을 감은 채 괴로워하고 있는 것처럼 보였다.

필드 가문의 가신이라 생각되는 기사가 브래드에게 말을 걸었다.

“브래드 님, 당주님의 지시를 잊지 마시기를.”

가신의 말에 브래드는 고개를 끄덕였다.

“알고 있어.”

둘의 대화를 듣고 있던 스테파니는 좋지 않은 예감이 들었다.

자신을 보는 브래드의 눈에는 연민의 기색이 있다.

고개를 가로저은 스테파니는 브래드한테 손을 뻗었다.

“부탁이에요, 브래드 님! 저를 도와주세요! 도와주신다면, 두 번 다시 이런 잘못은 저지르지 않겠어요. 평생 당신의 명령에 따르겠어요! 노예라도 괜찮아요. 부디, 도와…….”

앞날을 생각하면 필드 가문의 노예가 되는 편이 편하다는 걸 스테파니도 깨닫고 있었다.

이대로 바깥에 나가 버리면 스테파니를 기다리고 있는 건 지금까지 자기가 괴롭혀 왔던 사람들한테서의 복수다.

스테파니가 필사적으로 손을 뻗었지만, 브래드는 손을 잡아 주지 않았다.

“나는 너를 도와줄 수 없어.”

“그럴 수가…….”

절망하는 스테파니한테 브래드는 담담하게 말했다.

"이렇게 면회하러 온 이유는 너한테 마지막 작별 인사를 하기 위해서야. 너와의 약혼은 오플리 가문이 말소됨으로써 백지가 되었어."

스테파니가 뻗은 손이 바닥으로 툭 떨어졌다.

어느샌가 스테파니의 얼굴은 눈물과 콧물로 엉망진창이 되어 있었다.

브래드와의 약혼은 귀족으로서 인정받고 싶었던 스테파니의 자랑거리였다.

그것이 본가가 말소됨으로써 상실되었다는 건 이해하고 있어도, 브래드와 직접 얼굴을 마주하고 그 말을 들으니 마음에 푹 꽂혔다.

브래드는 스테파니한테 자신의 심정을 토로했다.

"스테파니, 알려줘. 너는 어째서 이런 짓을 한 거지? 본가가 공적과 이어져 있었던 건 너 개인의 책임은 아닐 거야. 하지만 공적을 이용해서 학원 학생을 괴롭히고 있었다니……. 나는 그걸 용서할 수 없어."

주먹을 꽉 쥔 브래드를 보고 스테파니는 울면서 웃고 있었다.

"태어나면서부터 귀족인 브래드 님은 제 마음 같은 건 이해할 수 없을 거예요."

"너도 귀족인 오플리 가문 태생일 텐데 말이지."

"아니에요. 브래드 님과 같은 순수한 귀족과 다르게, 저는 상인에서 출세한 가문의 딸 취급이었어요. 귀족 사회에 있어도, 귀족으로 인정받지 못했어요."

브래드가 스테파니의 말에 귀를 기울이자, 스테파니는 자신의 처지를 이야기했다.

"어릴 적부터 얕보여 왔어요. 너는 귀족 영애가 아니라고 말이죠. 동격인 집안의 여자애들은 저를 상대도 하지 않았죠. 이해되시나요? 귀족 사회에 있으면서, 귀족으로 인정받지 못하는 저의 괴로움이?"

브래드가 아무 대답도 하지 않았기에, 스테파니는 일어섰다.

"그런 때였어요. 본가의 힘으로 굴복시킨 집안의 딸이 저한테 사과한 거예요. 비참하게 아첨하는 모습을 보고 깨달은 거죠. 힘으로 지배하면 모든 이가 나를 따라 준다는 것을. 지금까지 귀족이라며 잘난 체했던 녀석들이 비참하게 다가온답니다?"

깔깔 웃기 시작하는 스테파니를 보고, 브래드의 가신들은 위험을 느꼈는지 무기에 손을 대려고 했다.

하지만 브래드는 가신들에게 손을 내리도록 눈짓했다.

스테파니는 울면서――.

"나의 뭐가 잘못되었다는 거야! 지금까지 아무도 나를 인정하지 않았던 주제에! 나는 그저, 인정해 주길 바랐던 것뿐인데……."

브래드는 지금까지 쌓여 있던 불만을 쏟아내는 스테파니에게 진지한 시선을 향하고 있었다.

"그래도 네가 한 짓은 너의 처지를 고려해도 최악이야. 너는 누군가한테 의지해야만 했어. 그거야말로, 나한테 상담해 주길 바랐어. 그렇게 했더라면 지금쯤은……."

브래드는 끝까지 말하지 않았다.

아무리 브래드가 스테파니의 상담에 응했다고 한들, 이번 일을 회피할 수 있었으리라고는 생각되지 않기 때문이다.

결국 브래드는 스테파니를 구할 수는 없었으리라.

이 상황에 이르러 다정한 말을 건네 주는 브래드에게, 스테파니는 분노로 인해 짜증을 느꼈다.

"인제 와서 다정하게 대해 주지 마. 이미 모든 게 다 늦어 버렸잖아."

'학원에 있었을 때는 만나려고도 하지 않았던 주제에……! 당신은 그 평민 여자를 쫓아다니고 있었을 뿐이잖아!'

스테파니가 쇠창살을 세게 붙잡았다.

브래드는 스테파니의 변화를 알아차리지 못하고 그저 부드러운 어조로 대답했다.

"그러네."

스테파니의 쥐어짜 내는 듯한 목소리에, 브래드는 고개를 숙이며 슬퍼하는 듯한 표정을 보였다.

스테파니는 브래드를 보면서 짓궂은 질문을 했다.

"사실은 내가 사라지는 편이 좋았던 거지? 상인에서 출세한 집안의 딸 같은 건 아내로 삼으면 창피가 된다고 생각한 거 아니야?"

"그렇지 않아. 너 개인과 너의 본가는 별개야."

"어떨는지."

브래드를 향한 어조가 거칠어진 건 아무리 매달려도 도와주지 않는다는 걸 알았기 때문이다.

그래서, 모든 게 아무래도 상관없어졌다.

"내가 없어지면 그 평민 여자와 사이좋게 지내도 아무도 비난할 수 없으니까 말이지. 이걸로 마음 놓고 놀 수 있어서 잘됐잖아. 뭐, 어차피 그 평민 여자도 나처럼 버림받겠지만."

스테파니는 농담으로 말하려던 생각이었다.

브래드도 대귀족의 후계자이고, 결혼과 연애에 관해서는 귀족의 상식을 지킬 거라고 생각하고 있었기 때문이다.

평민 여자――올리비아와의 관계도 학원에서의 놀이라고.

하지만 브래드는 스테파니의 말에 의외인 반응을 보였다.

"그녀를 가지고 놀다가 버리는 짓은 하지 않아."

브래드의 반응은 풋풋한 것이었다.

조바심이 났는지 말이 빨라지고, 얼굴이 살짝 빨개져 올리비아를 의식하고 있다는 것이 드러나고 있다.

가신들은 뭔가 말하고 싶어 하는 듯하면서도 그걸 참고 씁쓸한 표정을 짓고 있었지만, 브래드 자신은 그걸 눈치채지 못하고 있었다.

"……농담이지? 설마, 진심이었어?"

스테파니는 자기가 큰 오해를 하고 있었다는 것을 여기에 와서 겨우 깨달았다.

브래드는―― 브래드를 비롯한 귀공자들은 올리비아와의 관계를 놀이라고는 생각하고 있지 않다는 것을.

올리비아는 이미 브래드의 마음을 사로잡아 가고 있다.

자기는 몇 년이 걸려도 손에 넣지 못했는데.

절망하는 스테파니 앞에서, 브래드는 헛기침을 하고 난 뒤 등을 돌렸다.

"어쨌든 너와는 이걸로 작별이야. 스테파니, 네가 좀 더 빨리 자기 잘못을 깨달았더라면 이렇게는 되지 않았을 텐데."

떠나가는 브래드의 뒷모습을 보며, 스테파니는 자신의 어리석음을 깨닫고 절망했다.

'아아, 그렇구나. 나는 처음부터 잘못했던 거야. 마리에와 발트파르트 같은 건 처음부터 상대하지 말 걸 그랬어. 짓밟아야 했던 건…… 올리비아였는데도.'

남자 기숙사로 돌아온 브래드는 어떤 인물한테 불려 와 있었다.

브래드를 불러낸 건 남자 기숙사에서도 가장 호화로운 방을 사용하는 율리우스였다.

젖형제인 질크가 홍차를 준비하고 있는데, 율리우스는 살짝 곤란한 표정을 지은 뒤 브래드한테 시선을 향하고 이야기를 꺼냈다.

"방금 막 돌아온 참에 미안하군."

"괜찮습니다. 그건 그렇고, 전하가 스테파니한테 흥미가 있다니 놀랐습니다."

율리우스가 브래드를 자기 방으로 부른 이유는 일련의 사건에 관여한 스테파니를 조사하고 있었기 때문이다.

다만, 흥미가 있었던 건 아니다.

율리우스는 쓴웃음을 지으며 사정을 이야기했다.

"어머님이 주신 숙제 같은 거다. 이번 사건을 학생 관점에서 보고하라는 말을 들었으니까 말이지."

브래드는 턱에 손을 대고, 뭔가를 알아차렸는지 작게 고개를 끄덕였다.

"학원의 내정을 알고 싶으신 것 아닌지? 왕비님은 타국 출신이고, 학원 내부의 사정에 밝지 않으시니까 말이죠."

"내가 보고할 필요도 없다고 생각한다만, 거절하는 것도 성가셔서 말이지."

어깨를 으쓱해 보이는 율리우스한테, 브래드는 미소를 띠었다.

"저로 괜찮다면 협력은 아끼지 않겠습니다."

"고맙군. 그래서, 대략적인 정보는 얻었다만, 스테파니에 관해서는 지금까지 용케 숨겨 왔다고밖에는 말할 수 없는 것들뿐이었다. 네가 보기에 스테파니는 어떤 여자였지?"

질문을 받은 브래드가 이번에는 쓴웃음을 지으며 대답했다.

"공적과 내통하여 그들을 이용하고 있었다는 건 논할 가치도 없는 이야기겠지요. 본래 저희 귀족은 공적들로부터 백성을 지키는 것이 일입니다. 그걸 포기한다는 것은 본질을 이해하고 있지 못하다는 증거입니다. 하다못해 저한테 알려 줬더라면…… 아뇨, 그래도 상황은 나아지지 않았겠지만 말이죠."

브래드의 말을 듣고 율리우스는 조금 신경 쓰인 모양이다.

"제법 냉정하군."

"약혼자였다고는 해도 특별한 관계가 있었던 건 아니니까요. 다만, 그녀에게도 그녀 나름대로 하고 싶은 말은 있었습니다."

브래드는 조금 슬픈 듯한 태도를 보이며 스테파니의 처지에 관해 이야기했다.

"귀족이면서도 사교계에서는 따돌림을 받고 있었으니까 말이지요. 불만을 쌓아 둘 이유는 있었습니다. 뭐, 그래도 9할 이상은 그녀 자신의 책임이지만 말입니다. ……하지만, 저는 생각합니다. 좀 더 그녀에게 다가갔더라면, 다른 결과가 되지 않았을까 하고 말이죠."

브래드는 스테파니를 완전히 미워할 수는 없는 모양이다.

스테파니를 불쌍히 여기는 브래드의 모습을 보고 율리우스는 작은 한숨을 내쉬었다.

"귀족 사회의 희생양이라고 말하지 못할 것도 없나. 언제까지고 낡은 관습에 얽매여 있으려는지? 지금의 왕국은 잘못되어 있다."

진지한 표정으로 변한 율리우스에게 질크가 가까이 다가와 홍차를 내밀었다.

"오늘의 홍차는 회심의 역작입니다."

홍차의 미묘한 향기에 율리우스는 정신이 번쩍 들어 브래드를

봤다.

율리우스의 불온한 발언에 놀라고 있는 브래드한테, 율리우스는 미소를 지으며 고개를 가로저었다.

"체제 비판이 아니다. 단지 나는…… 옛날부터 이어지는 구조에 의문을 가지고 있을 뿐이다. 케케묵은 방식은 좋아하지 않아."

브래드가 가슴을 쓸어내리면서 율리우스의 의견에 찬동했다.

"전하의 심정은 저도 이해가 되는군요. 딱딱한 풍습에는 넌더리가 나고 말입니다."

이 자리의 분위기가 누그러지자 율리우스는 마음속으로 생각했다.

'오플리가를 인정하지 않았던 우리한테도 책임이 있다. 이것도 옛날부터 이어진 풍습이 원인이 아닌가? 왕국은 더욱 변해야만 한다.'

이번 건으로 율리우스는 지금의 왕국 체제에 의문을 품게 되었다.

오래전부터 이어진 풍습에 넌더리가 나기 시작했다.

'이럴 때는 때 묻지 않은 올리비아의 이야기를 듣고 싶군. 그녀의 말은 솔직해서 나를 놀라게 해준다. 지금까지 내 곁에는 없었던 타입의 사람이야.'

율리우스는 올리비아의 의견을 듣기로 했다.

◇

1학년 대표 역할인 안젤리카와 3학년 대표 역할인 디어드리가 지하 감옥을 찾아와 있었다.

두 사람의 목적은 스테파니와의 면회다.

안젤리카는 1학년 대표로서 이번 사건의 전말을 확인하기 위해서.

디어드리는 단순한 흥미에서였다.

"그 애가 지하 감옥에서 겁먹고 있다고 생각하면 기분이 좋네요."

어두운 지하 감옥을 밝게 비춰 버리는 것 아닐까? 그런 호화로운 분위기가 감도는 디어드리의 말에 안젤리카는 어처구니없어했다.

"너도 취미가 고약하군."

"어머? 안젤리카는 그 무뢰한들의 말로에 마음이 움직이지 않나요? 귀족으로서 있을 수 없는 행동을 한 녀석들이에요."

지금까지 스테파니가 해 왔던 행동을 생각하면 당연한 결과다.

그걸 확인하는 것뿐이라고 말하는 디어드리에 비해, 안젤리카는 그다지 흥미를 나타내지 않았다.

"나는 학년 대표로서 몇 가지 확인하고 싶은 것뿐이다. 애초에 너는 올 필요가 없을 텐데."

"저는 호기심이 왕성하답니다."

부채로 입가를 가린 디어드리를 보며 안젤리카는 한숨을 내쉬었다.

들이마신 지하 감옥의 공기가 탁했기에 기분이 나빠졌다.

"내 방해를 하면 쫓아낼 거다."

"어머, 무서워라. 하지만 그런 안젤리카는 아주 좋아한답니다."

생글생글 웃으며 뒤를 따라오는 디어드리한테, 안젤리카는 진절머리가 났다.

그런 두 사람이 스테파니가 있는 감방 앞에 도착했다.

스테파니는 벽 쪽에 있는 침대에 앉아 힘없이 고개를 숙이고 있었다.

그 모습을 본 디어드리가 도발했다.

"울부짖다 지쳐 버린 걸까? 당신한테 잘 어울리는 모습이군요."

안젤리카는 자기 충고를 무시한 디어드리를 험악한 시선으로 쳐다보며 입을 다물게 했다.

"쓸데없는 말을 하지 마라."

"어쩔 수 없네요."

어깨를 으쓱인 디어드리가 입을 다물자, 안젤리카가 스테파니한테 말을 걸었다.

"브래드한테서 대략적인 이야기는 들었다. 스테파니, 어째서 공적들을 이용해서 학원 학생한테 손을 댔지? 너는 자기가 뭘 한 건지 이해하고 있는 건가? 너의 행위는 도저히 용서될 수 있는 것이 아니다."

스테파니가 개심하건 반성하지 않고 욕설을 퍼부어 오건, 안젤리카는 상관없었다.

그저 면회해서 스테파니의 이야기를 들었다는 사실을 원한 것뿐이다.

애초에 안젤리카는 스테파니한테 반성 같은 건 요구하고 있지 않다.

이미 벌은 내려지는 것이 결정되었으니까 인제 와서 새삼 자기가 무슨 말을 해도 뒤집을 수 없다는 걸 아주 잘 알고 있다.

'왕비님한테서도 면회해서 이야기를 들어두라는 말을 들었으니까 와 봤다만, 이후에 이 경험을 살리게 되는 날이 오는 건가? 가능하면 사양하고 싶군.'

경애하는 율리우스의 모친——왕비한테서의 말도 있어서, 스테파니와 면회하고 있다.

안제가 질문하고 나서 수십 초의 시간이 지나자, 스테파니가 고개를 들었다.

그 눈동자에서는 광채가 사라지고 없었지만, 스테파니의 얼굴에서는 씌었던 것이 떨어진 듯했다.

학원에서 봤던 공격적인 표정이 사라지고 없었다.

"내가 반성하고 있다고 말하면, 당신은 날 용서해 줄까?"

"그럴 일은 없다."

당당하게 단언하는 안젤리카를 보고 스테파니는 쓴웃음을 지었다.

"그렇겠지. 하지만 안심했어. 너는 내가 동경했던 귀족 영애 그 자체네."

"무슨 말을 하는 거지?"

안젤리카가 의아한 표정을 짓자, 스테파니가 말했다.

"나는 말이야, 너를 동경하고 있었어. 영애 중의 영애로, 모두가 너를 인정하고 있었지. 엄청나게 질투가 나고…… 동시에 부러웠어."

"조금 전부터 무슨 말을 하고 있지? 내 질문에 대답해라."

스테파니는 차갑게 내뱉는 안젤리카를 보며 웃고 있었다.

"인제 와서 내가 반성했는지 어떤지는 상관없잖아? 그것보다도 내 쪽에서 하나 충고해 줄게."

안젤리카가 불쾌감으로 눈살을 찌푸리자, 스테파니가 진지한 표정을 지었다.

"그 평민 여자…… 올리비아를 조심하도록 해. 아무 생각 없이 멍하게 있다간 정말로 율리우스 전하를 빼앗겨 버릴 거야."

스테파니의 충고를 듣고 발끈한 안젤리카는 쇠창살을 붙잡았다.

마력이 넘쳐흘러 금속 봉이 끼기긱, 하는 불쾌한 소리를 내며 구부러졌다.

어두운 지하 감옥 안에서 안젤리카의 붉은 눈동자가 희미하게 빛을 띠어 보였다.

"한 번 더 말해봐라. 그 여자한테 누구를 빼앗긴다고? 너도 나를 바보 취급할 셈이냐? 이 자리에서 재로 만들어 주마."

뒤에서 대기하고 있던 디어드리가 작게 한숨을 내쉬었다.

"안 되는 게 당연하잖아요. 안젤리카, 저도 이 애랑 이야기하고 싶으니까 조금 자리를 비워 주겠나요?"

안젤리카는 격앙했지만, 감방 안에 있는 스테파니는 히죽히죽 웃고 있었다.

안젤리카가 등을 돌렸다.

"이제 볼일은 끝났다. 이 뒤는 마음대로 해라."

안젤리카가 지하 감옥을 떠나자 디어드리가 가슴 밑으로 팔짱을 끼며 어처구니없어했다.

"정말로 옛날부터 쉽게 화를 낸단 말이죠. 저 성격만 아니었으면 차기 왕비로서 만점인데 말이에요. 하지만 화내지 않는 안젤리카는 뭔가 부족한 느낌이기도 하고…… 미묘한 부분이네요."

디어드리는 감방 안에 있는 스테파니를 봤다.

히죽히죽 웃고 있는 스테파니는 디어드리를 앞에 두고도 태도를 무너뜨리지 않았다.

모든 걸 잃었기에, 두려워할 건 없다고 생각하고 있는 얼굴이다.

"자, 그러면 저의 질문에 대답해 주실까요."

스테파니는 아무 대답도 하지 않고 양쪽 입꼬리를 올리며 웃고 있을 뿐이다.

디어드리는 개의치 않고 물었다.

"판오스 공국과의 외교 교섭에서 뭘 한 거죠? 그만큼 왕국을 증오하는 녀석들이 싸움을 멈춘 것이 여전히 믿기지 않아요."

호르파트 왕국의 이웃 나라이자, 수년 전까지 항상 싸워 왔던 것이 판오스 공국이다.

그런 판오스 공국과의 외교를 성공시킨 것이 말소된 오플리 가문이다.

그 공적도 있어서, 오플리 가문은 필드 가문과 연을 맺을 기회를 얻었다.

다만, 판오스 공국은 호르파트 왕국을 매우 증오하는 나라이기도 하다.

당시에는 적국과의 외교를 성공시킨 수완을 칭찬받았는데, 어떠한 교섭이 이루어졌는지 모르는 귀족도 많았다.

많은 이가 '오플리 가문은 판오스 공국과 굳건한 연줄을 가지고 있는 것이겠지'라고 생각하고 있는 모양이지만, 로즈블레이드 가문은 의심하고 있었다.

"사문회에서도 오플리 가문을 말소하면 판오스 공국과의 외교가 불리해진다는 의견이 나왔어요. 하지만 그 이야기도 금방 일단락되었어요. 지금까지 뒷배를 봐주고 있던 프램튼 후작마저 손바닥 뒤집듯이 태도를 바꿔 처형을 서두르고 있었어요. ……부자연스럽기까지 할 정도로 말이죠."

사문회에 참석한 디어드리는 뭔가 내막이 있는 게 아닌가? 그런 식으로 의심하고 있다.

"알고 있는 걸 이야기하도록 하세요. 유익한 정보라면 제 이름으로 보호하겠다고 약속해도 좋아요."

디어드리에게 스테파니는 마음에 들지 않는 여자다. 본가의 권력으로 약한 자를 괴롭히는 게 마음에 들지 않았다. 평소의 행동도 혐오하고 있어서, 좋아하는 점이 하나도 없다.

그렇다고 하더라도 스테파니한테서 정보를 얻을 수 있다면 보호해도 괜찮다고 생각하고 있었다.

그러나——.

"유감이지만 나는 아무것도 몰라. 판오스 공국 건도, 그리고 프램튼 후작 건도 말이지."

스테파니는 키키킥, 하고 꺼림칙하게 웃으며 의미심장하게 대답했다.

거짓으로라도 알고 있는 척 가장해서 디어드리한테 도움을 요청하는 짓은 하지 않았다.

스테파니는 뭔가 알고 있다고 직감으로 느낀 디어드리였으나, 이 이상은 헛수고임을 깨닫고 발걸음을 돌려 감옥을 뒤로했다.

"그래요, 방해했네요. ……그리고, 지금의 당신을 조금이지만 다시 봤어요."

스테파니의 미련 없는 깨끗한 태도에 조금이지만 감탄한 디어드리는 지하 감옥 계단을 올라가면서 생각했다.

'이번 일, 아무래도 영 신경 쓰이네요. 게다가 리온 군도 뭔가 숨기고 있는 듯한 느낌도 들고요. 정말이지…… 어둠이 깊은 사건이에요.'

제15화 「단지 푸딩」

오플리 가문 사건으로부터 왕도가 안정을 되찾았을 무렵.

학원에서는 학생들이 기다리고 기다렸던 이벤트가 가까이 다가와 있었다.

그건 수학여행이다.

식견을 넓힌다는 명목으로 수학여행이 전 학년에서 매년같이 이루어지는 것이 '그 여성향 게임의 학원'이다.

학생들한테는 매년의 즐거움인데, 그건 우리한테도 마찬가지다.

학생 식당에서 점심을 먹고 있는 나와 마리에는 테이블을 사이에 두고 마주 보고 앉아 있다.

마리에는 몸을 내밀며 수학여행에 대해 즐겁게 이야기하는 중이다.

"아~, 나랏돈으로 수학여행을 갈 수 있다니 최고네!"

다른 사람의 돈으로 즐길 수 있다며 기뻐하는 모습에 나는 어처구니가 없어졌다.

"생활비는 주고 있고, 그런 지출에 관해서는 내가 돈을 내겠다고 말했잖냐."

"그건 그렇지만, 이런 건 기분이 중요하다구! 게다가 현지에서 노는 데 쓸 돈은 자기 부담이지? 여비가 남는다면 그 돈을 노는데 쓸 수 있잖아. 아~, 싸게 관광 여행을 할 수 있다니 행복해~."

궁상떠는 기질이 사라지지 않는 마리에를 보고 있자니, 어째서 인지 슬퍼지기 시작했다.

루크시온이 있기에 우리한테 금전적인 고민은 존재하지 않는다.

그런데도 공짜라든가 싸다는 말에 눈을 반짝이는 건 예전과 똑같다. 이전 생에서 이번 생에 걸쳐, 괴로운 생활을 겪어 온 영향이리라.

가끔 이 녀석이 어떤 생활을 하고 있었는지 들을 때가 있는데, 그때마다 슬퍼져서 견딜 수가 없다.

그 루크시온조차 '——고생하셨군요'라고 말하며 마리에를 오냐오냐할 정도니까 상당하다.

모습을 감추고 우리 옆에 있는 루크시온이 대화에 끼어들었다.

『관광 여행이라면 제가 언제든지 데리고 갈 수 있습니다.』

이 녀석도 이 녀석대로 마리에의 마음을 이해하지 못하고 있군.

마리에는 뭐라 말하기 힘든 표정을 짓고 있었다.

루크시온의 마음은 기쁘지만, 그런 게 아니라고 말하고 싶은 것이리라.

"수학여행이라는 게 좋은 거야. 여럿이 관광지에 가서, 다 같이 즐긴다……. 아아, 이전 생의 즐거웠던 때의 추억이 떠올라. 후훗, 눈물이 나올 것 같아."

나는 마리에한테 손수건을 건넸다.

"여기서 울면 성가셔지잖냐."

다만, 마리에는 추억에 잠겨 있어서 손수건을 받았는데도 내 말을 듣고 있지 않았다.

"밤에는 선생님의 순찰에 조심하면서 사랑 이야기나 여러 이야기를 했지. 누구랑 누가 사귀고 있다든가, 수학여행 중에 누가 고백할 거라든가……."

고백이라는 단어가 나왔기에 나는 살며시 마리에한테서 시선을 돌렸다.

오늘의 정식을 봤다.

"오늘의 고기 요리는 정답이었군. 부드럽고 맛이 확실해서 내 취향이야."

명백히 화제를 바꾸려 하는 내게 마리에는 미소를 향하고 있었다.

하지만 눈만이 웃고 있지 않았다.

"……어이."

"네, 넵."

마리에는 고개를 숙인 채 대답하는 나를 차가운 눈으로 쳐다봤다.

"'좋아합니다, 사귀어 주세요' ……그게 약혼해 줬으면 하는 상대에게 할 말로서 어울린다고 생각해?"

얼마 전에 고백했는데, 쑥스러움 때문에 건성인 태도로 말하고 말았다.

그게 좋지 못했다.

고백을 기대하고 있었던 마리에는 격앙하여 귀신 같은 형상이 되어 나를 쫓아왔다.

이전 생을 겪은 나지만, 창피고 체면이고 아랑곳하지 않고 비명을 지르면서 도망쳤다고.

"내, 내가 진지하게 고백해 봤자 웃음을 살 뿐이려나 싶어서……. 하핫."

웃으면서 얼버무리려 했지만, 마리에는 테이블에 주먹을 내리쳤다.

쾅! 하는 소리에 나는 자세를 바로 고쳤다.

"죄송했습니다!"

마리에는 겁먹은 나를 보고는 깊은 한숨을 내쉬었다.

"우리한테는 단순한 계약이고 사랑 같은 건 없다는 건 알고 있지만 말이야. ……그래도 고백 정도는 제대로 하라구."

어째서인지 불만스러워 보이는 마리에가 신경 쓰였지만, 여기서 말대답해서 이야기를 복잡하게 만들고 싶지 않았기에 솔직하게 사과했다.

"말씀하시는 대로입니다."

"아니 그보다, 너는 정말로 이전 생을 겪은 거야? 인생 경험이 너무 없는 거 아니야?"

"……이전 생에서는 사회인이었습니다만, 휴일은 집에 틀어박혀서 게임을 하고 있었기에……."

솔직히 인생 경험으로 말하자면 마리에한테는 이길 것 같은 기분이 들지 않는다.

"하아, 정말로 글러 먹었잖아."

어째서 마리에한테 이전 생을 포함해서 안 좋은 점을 지적당하고 있는 것일까?

침울해하고 있자, 가난한 남자 그룹이 우리 테이블에 모여들었다.

"마리에 님, 오늘의 푸딩을 헌상하러 왔습니다!"

다른 사람을 잘 챙겨 주는 사람이었던 루클 선배가 마리에한테 푸딩을 내미는 광경을 보게 됐다.

나는 어떤 얼굴을 하면 좋지?

시선을 돌리고 있자, 푸딩을 받은 마리에가 기뻐하고 있었다.

"수고했느니라, 수고했어. 후훗, 학생 식당 푸딩은 어째서 이렇게나 맛있는 걸까?"

작은 단지에 든 이 푸딩은 장인이 정성들여 만든 것이다.

확실히 맛있어 보인다.

곧바로 푸딩에 손을 대서 입으로 옮기고, 행복해 보이는 표정을 짓는 마리에를 보고 남자들도 흐뭇해하고 있었다.

"여신이다. 여신이 있어."

"푸딩 하나로 이렇게나 기뻐해 주다니."

"보고 있는 것만으로도 행복해~."

남자들이 마리에를 둘러싸고 숭배하고 있기에, 주위에서 시선이 집중되어 견딜 수가 없다.

얼른 식사를 끝내고 수업이 시작될 때까지 낮잠이라도 자자.

그런 생각을 하는데, 한 여학생이 시야에 들어왔다.

멀리서 테이블을 찾으며 불안한 표정으로 갈팡질팡하는 건 주인공인 올리비아 양이었다.

주위는 이미 학생들로 꽉 차 있다.

빈자리가 있어도 근처에 귀족 학생이 있으면 주눅이 들어서 앉을 수 없는 모양이다.

나는 그 광경을 이상하게 여겼다.

"어째 맥이 없어 보이는데."

주위 녀석들은 마리에한테 열중하느라 내 목소리 같은 건 들리지 않는 모양이다.

루크시온이 모습을 감춘 채 가까이 다가와 작은 목소리로 나하고 대화했다.

『건강 상태에 문제가 있는 것처럼 보이는군요. 이전에 데이터를 얻었을 때보다도 각종 수치가 나빠져 있습니다.』

"그런 것까지 알 수 있는 거냐?"

『예. 그렇긴 해도 데이터를 손에 넣은 건 제법 이전이지만 말입니다. 마스터가 저한테 조사를 명령해 주신다면 더욱 자세한 데이터를 입수할 수 있습니다.』

"그건 좋은데."

한순간, 비뚤어진 생각이 뇌리를 스쳤다.

루크시온이 진심을 발휘하면 쓰리 사이즈도 손에 넣을 수 있으리라.

하지만 그 순간에 내 시야에는 푸딩을 먹고 있는 마리에의 모습이 있었다.

정말로 행복해하는 것처럼 보이는 마리에의 얼굴을 보고, 어쩐지 시시해졌다.

"아니, 역시 됐어. 뭔가 문제가 있다면 알려줘."

『괜찮은 겁니까? 올리비아는 항상 감시하고 있는 건 아니기에 비상시에 곧바로 대응할 수 있을 거라는 보장은 없습니다만?』

그건 걱정되는데, 라고 생각하고 있었더니 곤란해하는 올리비아 양을 돕는 인물이 있었다.

율리우스 전하다.

"올리비아, 식사가 아직이라면 나와 함께 먹지 않겠나?"

싹싹하게 말을 거는 율리우스 전하를 보고, 올리비아 양은 난처한 표정을 짓고 있었다.

주위에서 쏟아지는 시선——. 율리우스 전하가 올리비아 양에게 말을 건 타이밍에 학생들이 침묵해 버렸기에 학생 식당이 조용해졌다.

달칵달칵, 하는 식기 소리가 들려올 뿐이다.

이상할 정도의 조용함에 묘한 긴장감이 생겨났지만, 율리우스 전하는 신경 쓰고 있지 않았다.

올리비아 양은 조용히 고개를 끄덕였다.

"저로 괜찮으시다면."

올리비아 양의 승낙을 얻은 율리우스 전하는 얼굴 한가득 미소를 띠었다.

"나는 너와 식사를 하고 싶다. 자, 그럼 자리는 어디로 할까?"

율리우스 전하가 시선을 옮겨 주위를 둘러보자, 점심을 다 먹었던 학생들이 잽싸게 일어나 자리를 양보했다.

식사가 끝나도 자리에 눌러앉아 대화하고 있었던 모양이다.

두 사람이 그쪽으로 향하자, 그 모습을 보고 있던 질크도 가까이 다가왔다.

"전하, 새치기라니 너무하시는군요. 저도 함께해도 괜찮겠습니까, 올리비아 양?"

"네? 아, 네에."

세 사람이 한 테이블을 둘러싸고 식사를 시작하자 주위에서는 수군수군 이야기하기 시작했다.

"제법 친해 보이는군."

"이건 좀 어떻지?"

"어, 어이⋯⋯."

그 타이밍에 학생 식당에 나타난 건 측근을 거느린 안젤리카 씨였다.

멈춰 선 그녀의 시선 끝에는 율리우스 전하 일행이 즐겁게 점심을 먹는 모습이 있다.

학생 식당에 또다시 묘한 긴장감이 감돌더니, 안젤리카 씨가 측근을 데리고 떠났다.

싸움이 회피되어 휴, 하고 가슴을 쓸어내리고 보니 마리에가 푸딩을 다 먹은 상태였다.

마리에가 진지한 표정으로 율리우스 전하 일행과 올리비아 양을 쳐다보고 있기에 신경 쓰여 말을 걸었다.

"왜 그래?"

"……아무것도 아니야. 기분 탓일지도 모르고."

"그러냐. 그것보다 다 먹었으면 우리도 나가자고."

쟁반을 들고 자리에서 일어나자 마리에도 나를 따라왔다.

◇

학생 식당에서 점심을 먹고 있는 올리비아는 율리우스와 질크가 꺼낸 이야기를 듣고 놀랐다.

"저한테 전속 사용인을 마련해 주시는 건가요? 하, 하지만, 저한테는 돈 같은 건 없어서, 사용인을 고용할 수 없어요."

학원에는 특수한 제도가 존재한다.

전속 사용인은 여학생한테만 허용된, 신변의 시중을 들어 주는 노예다.

노예 상관(商館)에서 아인종 노예를 구입하는데, 거기서 고용 계약을 맺게 된다.

노예라고는 하지만 그들에게도 권리가 존재한다.

고용 조건 여하에 따라서는 노예 측에서 거부할 수도 있다.

다만, 구입하려면 거금이 필요하기에 귀족 여학생들이라고 하더라도 본가에 재력이 없으면 가질 수 없었다.

그런 전속 사용인을 율리우스 전하와 질크가 마련해 주겠다고 한다.

"최근에 네가 외로워하는 것처럼 보였으니까 말이다. 생각해 보면 주위가 귀족뿐이라서야 너도 주눅이 들겠지? 그렇다면 같이 얘기를 나눌 상대가 있으면 좋겠다고 생각한 거다."

올리비아는 그 말에 희망을 느꼈다.

"같이 얘기할, 상대?"

질크가 미소를 지으며 고개를 끄덕였다. 질크가 연줄을 통해 좋은 전속 사용인이 있다는 정보를 얻은 모양이다.

"왕도에서도 유명한 노예 상관이 있습니다만, 거기에 일을 잘하는 엘프가 있다는 것 같습니다. 조금 어리다고는 들었습니다만, 올리비아 양이 학원에서 어려움을 겪지 않도록 도와줄 겁니다."

두 사람의 제안에 매력을 느낀 올리비아였으나, 문제를 떠올렸다.

"하지만, 돈이……."

그러자 율리우스가 신경 쓰지 말라고 말했다.

"그 정도라면 내가 내 주마."

"그런……가요……."

'나한테는 엄청난 거금이지만, 왕태자인 율리우스 전하한테는 그 정도인가. 역시 정말로 먼 세상의 사람이네.'

자기와 율리우스 사이에는 넘을 수 없는 깊은 골이 있음을 실감하는 올리비아였다.

"그러면…… 부탁드리고 싶어요."

'조금이라도 이 괴로운 생활에서 벗어날 수 있다면.'

지푸라기에라도 매달리는 심정으로 올리비아는 율리우스와 질크의 제안을 받아들이기로 했다.

◇

학생 식당에서 나온 안젤리카는 측근들이 말을 걸지 못할 정도로 분노로 몸을 떨고 있었다.

복도를 걷고 있는데, 앞을 걷고 있는 학생들이 황급히 길을 양보했다.

안젤리카는 어째서인지 마음속에서 스테파니의 목소리가 들렸다.

'올리비아한테는 조심하도록 해. ——정말로 율리우스 전하를 빼앗겨 버릴 거야.'

지긋지긋하다며 인상을 찌푸렸다.

'그런 잔챙이가 한 말에 현혹될까 보냐! 율리우스 전하는 왕태자다. 평민 여자한테 넋이 빠져 있다고 하더라도, 머잖아 깨달아 주실 거다. ……반드시, 나한테 돌아와 주실 거다.'

현실적으로 있을 수 없는 일이라고 생각하면서도, 스테파니가 한 말이 뇌리에서 떨어지지 않았다.

그 때문에 짜증을 느끼고 있었다.

'질 리가 없다. 그런 여자한테…… 올리비아 따위한테 전하를 향한 내 사랑이 질 리가 없어!'

에필로그

학원이 휴일인 날의 오후.

나와 마리에는 쇼핑을 끝내고 찻집에 와 있었다.

대량의 짐을 바닥에 내려놓은 나는 핼쑥한 얼굴로 홍차를 한 모금 마셨다.

돌아가는 길도 이걸 들고 학원에 가는 건가 하고 생각하는 것만으로도 우울해진다.

그에 비해 쇼핑을 끝마친 마리에는 기분이 좋은 상태였다.

주문한 케이크를 먹으며 오늘의 쇼핑에 관해 이야기하는 중이다.

"사복을 샀으니까 수학여행에서도 안심이네. 계속 교복 차림으로 있을 수도 없는 노릇이니까 난처해하고 있었다구."

가지고 있는 사복은 전부 너덜너덜하다는 말을 듣고 나는 눈물이 나올 것만 같았다고.

마리에의 성격이라면 '브랜드 물건이 아니면 싫어!' 같은 말 정도는 하겠지 싶었는데, 궁상떠는 기질 때문에 비싼 옷을 사려고 하면 거부반응이 나오던 것에는 놀랐다.

행복해져서 사치스러운 생활을 할 거야! 라는 목표를 내걸고 있었는데, 이전 생에서의 영혼과 이번 생의 육체가 거절 반응을 나타낸다니 대체 뭐지?

정말로 저주받은 것 아닐까?

"싼 옷만 사서 괜찮았던 거냐?"

"어, 어쩔 수 없잖아! 비싼 걸 사려고 하면 현기증이 난다구. 새옷을 산다는 걸 의식하는 것만으로도 어질어질했다니까."

평범한 생활을 하는 것만으로도 재활 운동이 필요할 것 같구만. 사치를 부릴 수 있게 되는 건 대체 언제가 될는지.

"하기휴가 때는 어떻게 보내고 있었는데?"

"그, 그때는…… 리온의 어머니께서 준비해 주셨으니까, 후의에 기대서 빌리고 있었어."

창피해하는 듯한 마리에를 보고 나는 오른손으로 얼굴을 눌렀다.

"어머니도 말해 줬더라면 좋았을 텐데."

그러자 루크시온이 반투명한 상태로 우리 사이에 끼어들었다. 나와 마리에의 대화에 섞이고 싶은 모양이다.

『마스터의 어머님도 유복한 생활에 익숙하지 않으신 것이겠지요. 여하간 궁핍한 생활을 보냈던 기간이 길었던 듯하니까 말입니다.』

오늘 루크시온의 말은 묘하게 가슴에 꽂혔다.

"어머니도 고생하고 있으니까 말이지. ……오늘은 뭔가 선물이라도 사서 본가에 보낼까?"

『그게 좋겠군요. 마스터치고는 유의미한 휴일 사용법입니다.』

"일일이 빈정대지 말라고."

짜증 나게 만드는 루크시온을 언짢은 얼굴로 쳐다보고 있자,

마리에가 우리한테 수학여행 화제를 던졌다.

"여느 때의 싸움은 거기까지로 해두라구. 그것보다도 지금은 수학여행이야! 설마 일본풍 부유섬이 될 거라고는 생각지 않았네. 조금 운명적인 게 느껴져."

우리가 가게 되는 수학여행지가 그곳이었다.

이 판타지 세계에 일본풍 부유섬이 있는 건 위화감이 엄청나다.

하지만 원래는 두루뭉술한 설정의 게임 세계다.

깊이 생각해 봤자 답 같은 건 나오지 않으리라.

──뭐, 일본인이라는 이전 생을 가진 우리가 일본풍 부유섬에 가는 것이니 마리에처럼 운명을 느껴도 이상하지는 않다.

하지만 나는 이번에 한해서는 운명은 상관없다는 걸 알고 있다.

어째서냐면.

"운명이 아니야. 왜냐하면 내가 그렇게 되도록 했으니까."

"어?"

마리에가 고개를 갸웃했기에 어째서 우리가 일본풍 부유섬으로 가는 것인지 알려줬다.

"실은 교사들을 매수…… 선물을 줬지. 올해 수학여행은 일본풍 부유섬이 좋겠네~ 라고 넌지시 말하면서 말이다."

"너, 너란 애는……."

마리에가 질색하고 있자, 루크시온이 그때의 상황을 이야기했다.

『제법 순화해서 표현하고 있습니다만, 수학여행지를 정하기 위해 금화를 대량으로 준비했으니까 말이지요. 결정권을 가진 교사들을 한 명 한 명 불러내서 일본풍인 부유섬에 가고 싶다고 열심히 말하고 있었습니다. 다들 금화가 든 주머니를 받고는 기뻐하면서 찬성하더군요.』

마리에는 무표정한 얼굴로 나를 보고 있었다.

"너는 정말로 최악이야. 그 금화, 나한테도 줘."

손을 내미는 마리에를 보고 나는 눈살을 찌푸렸다.

"생활비는 주고 있잖냐."

"금화! 금화를 갖고 싶다구! 귀금속은 어쩐지 황송해서 못 사고 있는 상태니까, 일단 금화를 갖고 싶어. 금화라면 가지고 있어도 떨지 않을 거라고 생각하고 말이야."

루크시온이 마리에한테 말했다.

『백금화도 쉽게 준비할 수 있습니다. 처음에는 시험 삼아 1천 닢 준비하도록 할까요?』

백금화는 마력이 깃든 금화로, 신비로운 반짝임을 내뿜는다.

황금으로도 보이고 백금으로도 보이는 아름다운 동전으로, 동전 중에서 최고의 가치를 가지고 있다.

한 닢으로도 상당한 가치가 있기에 마리에의 소원을 이루기에는 마침 좋다고 루크시온이 판단한 것이리라.

하지만 백금화라는 말을 들은 마리에의 손이 떨리고 있었다.

"오, 오늘은 이쯤에서 봐줄게."

『유감입니다. 필요해지면 언제든지 말을 걸어 주십시오. 일단

1만 닢은 비축해 두었으니 말입니다.』

마리에의 머리가 흔들리고 눈이 빙글빙글 돌고 있었다.

"이, 일만 닢?! 백금화가 일만 닢?! 아하, 아하하핫!"

"아~아, 망가져 버렸구만. 루크시온, 너 때문이라고."

『──마리에가 갖고 싶다고 말하기에 준비하려고 한 것뿐인데 말입니다.』

성가신 체질이라고 생각하면서, 나는 품에서 목걸이가 든 상자를 꺼냈다.

그걸 테이블 위에 올려놓자, 마리에가 제정신을 되찾고 내 얼굴을 봤다.

"이건?"

"선물이야. 일단 고백은 아직 합격을 못 받았으니까, 그 대신에 준비한 물건이다."

"어? 진짜로?!"

마리에가 기쁜 듯이 상자를 손에 들고는, 열어 봐도 되는지 확인하기 위해 나를 힐끔힐끔 봤다.

고개를 끄덕여 주자 마리에가 상자를 열었다.

"우와~. 응? 이건……."

마리에가 상자에서 목걸이를 꺼내더니, 뭐라 말하기 힘든 표정을 지었다.

조금 지나치게 화려한 디자인의 목걸이는 윙 샤크 공적단 두목한테서 손에 넣은 물건이다.

257

안이한 이름인 【성녀의 목걸이】라는 키 아이템이다.

마리에는 내 앞에서 목걸이를 펼치더니, 뺨을 씰룩거렸다.

"어이, 주운 물건을 건네다니 무슨 생각이야?! 설마, 나한테 올리비아에게 건네줬으면 좋겠다고 말하려는 건 아니겠지? 말해 두겠는데, 난 걔랑 접점 같은 거 없어!"

남의 이야기를 듣지 않고 멋대로 오해하는 마리에한테 나는 실실 웃으며 대답했다.

"아니, 그도 그럴 게 너는 이전 생부터 이것저것 여러 가지로 저주받은 것 같으니까 말이지. 영험할 것 같은 성녀님의 키 아이템을 가지고 있으면 조금은 축복받지 않을까 하고 생각해서."

농담하고 있는 것처럼 들릴지도 모르지만, 진심으로 하는 말이다.

이번만큼은 진지하다.

그 증거로 루크시온도 내 말에 찬동했다.

『저는 축복이나 저주를 긍정하지 않습니다만, 마리에의 마음이 이걸로 편해진다면 가지고 있어야만 한다고 판단했습니다. 또한 마스터의 지식대로 그 목걸이에는 마력적인 효과가 있는 모양입니다. 가지고 있는 것만으로도 효과가 있다는 건 틀림없습니다.』

가게에서 판매되는 마력이 깃든 마도구 같은 것보다도 훨씬 강한 힘이 깃들어 있다는 듯하다.

루크시온도 흥미진진해 했는데, 마리에한테 주겠다고 말하니 순순히 따라 주었다.

마리에는 성녀의 목걸이를 손에 들고 어쩐지 복잡한 표정을 짓고 있다.

"흐, 흐응~. 나를 위해서 말이지. 하지만 언젠가는 올리비아한테 돌려줄 거지?"

그건 어쩔 수 없다.

때가 오면 내 쪽에서 접촉해서 성녀의 목걸이를 건넬 생각이다.

"시기가 오면 말이지. 오플리 가문과 공적단은 쓰러뜨려 버렸지만, 목걸이를 건네주면 스토리상으로는 문제없잖냐? 그때까지는 네 불운을 경감시켜도 괜찮겠지."

은근히 진심으로 성녀의 목걸이에는 기대하고 있다.

그 여성향 게임에서는 성스러운 힘이 깃든 도구다.

사악한 기운을 물리치고, 소유자를 지키는 도구——. 부디 꼭 불운한 마리에를 지켜 줬으면 한다.

『언젠가 돌려준다고 해도, 마리에가 지니고 있어야만 하겠지요. ——게다가 그 도구는 마리에한테 반응하고 있는 것처럼 보입니다.』

"어, 그래? 호, 혹시, 나한테도 성녀의 적성이 있다거나?"

에헤헤, 하고 기쁜 듯이 웃는 마리에를 보고 나는 낄낄 웃고 말았다.

조금, 아니, 꽤 기대하고 있는 것 같은 마리에가 재미있어서 견딜 수가 없다.

주인공인 올리비아 양이라면 또 모를까, 안에 든 사람을 생각하면 성녀라고는 도저히 생각되지 않는다.

성녀란 깨끗한 마음을 가진 상냥한 사람인 게 당연하다.

그런데도 조금 기대한 마리에의 얼굴이 몹시 우스꽝스럽게 보였다.

마리에가 성녀? 절대로 안 어울리지.

"네가 성녀라고 할 분수가 되겠냐. 애초에 안에 든 사람이…… 죄, 죄송합니다!"

웃었더니, 마리에가 무시무시한 얼굴로 노려봤다.

내가 곧바로 마리에한테서 고개를 돌리고 사과하자, 루크시온이 어처구니없어했다.

『정말로 마스터는 성장하지 않는군요. 사실을 말하면 마리에가 화낸다는 것을 학습해야만 하지 않겠습니까? 나 참…… 응?』

루크시온이 외눈을 옆으로 향하자, 마리에의 손이 뻗어 와 루크시온을 붙잡고 있었다.

끼긱끼긱, 하는 기분 나쁜 소리가 들려오는데……. 에, 에이 설마? 이대로 쥐어서 으스러트리거나 하지 않겠지?

"리온을 깎아내리면서 나까지 바보 취급하는 고등 기술을 가지고 있잖아. 루크시온, 너하고도 제대로 대화를 나누지 않으면 안 되겠네."

『마스터, 구조를 요청합니다.』

도움을 요청하는 루크시온에게 나는 엄지를 밑으로 향해 보였다.

"싫다 이거야."

『정말로 최악의 성격이군요.』

"자업자득이잖냐. 너는 좀 더 인간의 미묘한 감정 변화에 관해 배우라고."

루크시온을 비웃자, 마리에가 나한테 미소를 향했다.

"너도 도망칠 수 있을 거라고 생각하지 마."

"으에에에엑……."

아무래도 우리는 도망칠 수 없는 모양이다.

◇

그날 심야.

마리에는 성녀의 목걸이를 책상 서랍에 소중히 넣어 둔 상태였다.

이미 마리에는 이불을 걷어차고, 침을 흘리며 잠들어 있다.

"리온 바보오…… 루크시온 이 짜샤아아…… 쿠울~."

잠꼬대를 하며 행복한 듯이 잠들어 있었다.

그런 마리에의 방에서 덜컥덜컥하는 소리가 났다.

책상 서랍이 제멋대로 열리더니, 거기서 검은 아지랑이가 솟구쳐 나와 마리에 옆으로 가까이 다가갔다.

그건 인간의 형태를 취하고 있었다.

여성의 모습으로 보이는 검은 아지랑이는 머리라 생각되는 부분에 노란색으로 빛나는 눈을 지니고 있다.

아몬드 모양의 두 눈이 크게 뜨였나 싶더니만, 가늘고 예리해졌다.

검은 아지랑이가 나타난 장소에는 성녀의 목걸이가 있었다.

──꺼림칙한 검은 아지랑이가 마리에를 들여다보더니, 아몬드 모양 눈이 활처럼 휘어졌다.

염원이 이루어졌다며 제법 기뻐하고 있는 것 같았다.

『……겨우 찾았다.』

수상한 존재가 접근했는데도 마리에한테는 일어날 낌새가 없다.

몸을 뒤척이며 아직 행복한 꿈을 꾸고 있는 모양이다.

"우헤헤."

검은 아지랑이의 손이 잠든 마리에한테 뻗었다.

『……네 몸을 받아 가겠어.』

그 손은 마리에의 몸에 꽂히더니, 마리에의 몸 안으로 파고 들어갔다.

후기

「그 여성향 게임은 우리에게 가혹한 세계입니다」 2권은 재미있게 봐주셨으려나요?

때때로 제목을 잘못 적는 작가 미시마 요무입니다.

본편 제목과 비슷하기에 잘못 적기 일쑤입니다.

차라리 전혀 다른 제목으로 했으면 잘못 적지 않았을 텐데, 하고 후회하고 있습니다.

애초에 제목 안을 낸 건 저이지만요.

본편과 비슷한 쪽이 책을 손에 들어 볼 독자분들도 손을 뻗기 쉬울 거야! 라고 생각한 결과인 제목입니다.

잘못 적혀 있을 때는 발견해도 용서해 주신다면 기쁘겠습니다.

자, 그러면 이번 후기에서는 스테파니에 관해 쓰도록 하겠습니다.

스테파니라는 캐릭터 말입니다만, 본편과 합쳐서 신기한 캐릭터가 되었다는 것이 작가인 저의 감상이네요.

본편에서조차 이름이 없고 오플리 가문의 영애라는 호칭으로 등장했던 캐릭터입니다.

말하자면 모브 캐릭터였습니다만, 애니메이션으로 만들 때 필요해져서 이름을 마련한 경위가 있습니다.

일러스트도 개성적이었고 무엇보다도 독자분들한테 임팩트가 있었던 것이겠지요.

악역다운 악역이었으니까요.

개인적으로도 스테파니를 좋아합니다.

캐릭터로서 움직이고 있는 것도 즐겁고, 설정의 세부적인 부분을 준비할 때도 거의 고민하지 않고 끝났습니다.

어느 정도는 서적화 단계에서도 생각하고는 있었지만요.

어째서 그녀는 안젤리카한테 집요하게 시비를 걸었는가? 본편에서는 적지 않았습니다만, 이 외전에서 확인해 주신다면, 하고 생각하고 있습니다.

스테파니의 결말은 2권을 읽고 확인해 주시는 걸로 하고, 이후의 「그 세계」 방침도 말씀드려 두겠습니다.

앙케트 특전 때부터 따라와 주시고 있는 독자 여러분은 이번 권을 읽었을 때 '여기서 끊는 거야?'하고 의문으로 느끼셨을지도 모릅니다.

앙케트 특전에서는 이 앞의 전개까지 썼으니까 말이죠.

다만, 서적으로 만들면 어떻게 해도 한 권으로 정리할 필요가 있습니다.

그렇기에 앞으로도 대폭 가필하여 딱 좋은 부분에서 끊어서 읽을 수 있도록 써나갈 생각입니다.

앙케트 특전보다도 한층 재미있게! 를 목표로 노력하겠으니 앞으로도 본편과 함께 모쪼록 응원 잘 부탁드리겠습니다.

That Otome games is a tough world of us Vol.2
©2023 by Mishima Yomu, Tōi Moge
All rights reserved
First published in Japan in 2023 MICRO MAGAZINE, INC.
Korean translation rights reserved by Somy Media, INC.

그 여성향 게임은 우리에게 가혹한 세계입니다 2

2024년 2월 15일 1판 1쇄 발행

저　　　자	미시마 요무
일 러 스 트	토오이 모게
옮 긴 이	주승현
발 행 인	유재옥
이　　　사	조병권
출판본부장	박광운
담 당 편 집	조찬희
편 집 1 팀	박광운 최서영
편 집 2 팀	정영길 조찬희 박치우 정지원
편 집 3 팀	오준영 이해빈 이소의
디자인랩팀	김보라 박민솔
디지털사업팀	박상섭 김지연 윤희진
라이츠사업팀	김정미 맹미영 이윤서
영업마케팅팀	최원석 박수진
물 류 팀	허석용 백철기
경영지원팀	최정연
인쇄제작처	㈜코리아피엔피
발 행 처	㈜소미미디어
등　　　록	제2015-000008호
주　　　소	서울시 마포구 토정로222, 403호 (신수동, 한국출판콘텐츠센터)
판매 및 마케팅	(070) 8822-2301

ISBN 979-11-384-8195-3
ISBN 979-11-384-7880-9 (세트)